ALFONSO MA

ALFONSO MARTÍNEZ-MENA

ALFONSO MARTÍNEZ-MENA

DESENCANTAMIENTOS

Cuentos

HUERGA & FIERRO editores
2003

Diseño de Colección: Huerga y Fierro

Primera edición: mayo 2003

C/ Murcia, 24 - bajo
28045 Madrid-España
Telf.: 91 467 63 61
Fax: 91 467 63 99

I.S.B.N.: 84-8374-409-0
Depósito Legal: M-20118-2003
Impreso en Gráficas 85, S.A.
Impreso en España/Printed and made in Spain

Prólogo

«Nada es tan útil al hombre como aquellas artes que no tienen ninguna utilidad».

LO que Ovidio expresa en esta frase no es una contradicción, sino una paradoja. Las artes que no fijan su objetivo en la creación de útiles para hacer más llevadera nuestra rutinaria existencia, buscan el ámbito del conocimiento, de los afectos y de la sensibilidad. Buscan instrumentos que formen nuestra condición humana y nos hagan comprender nuestra propia identidad y la alteridad de los otros.

Uno de los logros que la narratología ha añadido a la Poética tradicional ha sido el aspecto formal del punto de vista. *Desde que Lubbock publicó su trascendental* The Craft of Fiction, *la importancia de la visión en el relato ha sido incuestionable y las Poéticas modernas la han estudiado hasta la saciedad.*

El libro que ahora tienes en las manos muestra una habilidad y perfección en la técnica del punto de vista que desborda las dimensiones que Todorov describe en su Poética. *Alfonso Martínez-Mena ha conseguido penetrar en la psicología de determinados tipos, en la alteridad a la que hacíamos referencia: lo que ha dado a sus relatos originalidad y verosimilitud.*

Martínez-Mena también ha cultivado la novela: El címbalo estruendoso, *título con que se publicó su* Cementerio del Este, Las alimañas, Introito a la esperanza *o la magnífica* El necrólogo, *editada por Mondadori. Pero ha sido en el cuento donde ha conseguido sus mayores aciertos. Su técnica responde al concepto que del género tiene y defiende. Aunque no lo haya escrito, me parece comprender que, para él, el cuento no es la síntesis de una novela o un fragmento de la misma.*

El cuento literario expone un motivo desde una perspectiva especial. Una perspectiva que permite penetrar en la intrahistoria, para descubrir las condiciones que han hecho factible un conflicto humano individual o colectivo.

Técnicamente, la variedad de los puntos de vista parece una consecuencia del propio tema que desarrolla, pero sirven esencialmente para buscar el ángulo desde el que la descripción, a veces minuciosa, de lo singular nos permite el conocimiento abstracto de la generalización.

E inversamente, en otras ocasiones, el conocimiento objetivo *de una situación dada nos puede abocar en la intimidad más recóndita de un ser vivo. Sirvan de ejemplo «La llamarada» y «Apócrifo, 1886», respectivamente.*

Sistemáticamente, aunque haya excepciones, los puntos de vista ocultan aspectos del desarrollo lógico del conflicto, bien porque estén también ocultos para el narrador, bien porque para él sean tan evidentes que no necesite exponerlos o bien porque el narrador no ha llegado a calibrar las consecuencias de ciertos detalles.

Pero lo cierto es que el lector siempre se encuentra con el deslumbrante descubrimiento de causas, consecuencias, verdades ocultas, estados de ánimo y tantas otras cosas, a veces presentidas, otras insospechadas, que dejan al descubierto la condición humana y, en cierto modo, ayudan a comprender a los demás.

La temporalidad juega un importante papel en la estructura del relato. No hablo de la fecha de creación, aunque a veces sería interesante conocerla para saber si lo que Bajtín llamó cronotopo *(la estructura del mundo en un lugar y un tiempo concreto) se ha textualizado, ha pasado, de alguna manera, al texto. Me refiero a las series temporales que la lingüística textual, o al menos Petöfi, juzga necesario analizar para comprender el contenido semántico.*

Los flash back *están destinados a justificar la actitud actual de algunos personajes –los jubilados de «El silbo», el periodista de «La llamarada» y tantos otros–, pero, a veces, parafraseando a Alejandro Dumas, más parece la evocación de aquellos tiempos felices en que éramos tan desgraciados.*

Otra particularidad de los cuentos de Alfonso Martínez-Mena es la riqueza de vocabulario, que demuestra una atención especial a situar adecuadamente el tiempo y la localización de la ficción a través de las palabras que dicen o piensan los personajes. Hay anacronismos cuando son anacrónicos los personajes, pero son adecuados en su lugar y tiempo. En el lugar y tiempo en el que ellos viven.

«El garbillo de Aldonza Lorenzo» o «la garlopa» de Paco («Año de lobos»), tienen la propiedad de señalarnos un entorno rural, como «los días azules» que también conocía «Un tal Vidal Champfleury» nos sitúan en el funcionamiento actual de la RENFE, o vemos como la «apolinaria» o el «beleño negro» que nada interesaban al hombre que compró «El catálogo de Velázquez» para su nuera, lo colocan sentado en los bancos de piedra que bordean el Jardín Botánico.

No es posible adentrarnos aquí en los múltiples aspectos que nos darían una completa visión de los valores de la narrativa breve del autor de estos Desencantamientos, *valores que se hacen patentes en sus cerca de veinte libros (*Otrosí, Hombres con toro dentro, El extraño, Antifiguraciones, Incidentario, *etc., etc.), pero que podríamos analizar sólo con los cuentos aquí reunidos.*

Lo que sí queremos poner de manifiesto es que la estructura del libro, la distribución y agrupamiento de los cuentos, se lleva a cabo bajo ideas comunes, expresadas en sendas citas literarias. Los cinco bloques de cuentos de que consta el libro guardan su unidad bajo la antigüedad de un verso del «Poema de Gilgamesh»: ... «su rostro era el de un hombre que llega de muy lejos.»

El primer bloque queda bajo los auspicios de una cita de Quevedo: «vivir es caminar breve jornada», anuncio de la muerte. Los otros cuatro bloques abren con doble cita de autores diversos, con la única excepción del bloque quinto, cuyas dos citas pertenecen a Francisco Salinas, inmortalizado en la oda que le dedicó Fray Luis.

Las citas de Salinas pertenecen a su libro De música *y sitúan el tema del amor en dos fases diferentes, cuando éste llega y cuando no llega:*

«—¿Qué habedes, qué?
—Mal de amores he».

«Solíades venir, amor
mas agora, non venides, non».

Los cuentos reunidos bajo estas dos citas, como algunos de los componentes del bloque cuatro, están fechados, aunque no era necesario para que el lector los situase a finales del último lustro.

La decantación del tiempo ha hecho que dos bellos temas, como la amistad y el amor, encuentren su expresión, una, en la inalterable oscuridad de la mente humana, por ejemplo, y otro, en la vitalidad de un jardín aparentemente abandonado o en la cúpula de la rotonda del Palas, bajo la que una pareja de maduros enamorados brinda con Jerez por la eterna juventud de sus recuerdos.

Abrir este libro es entrar en la fascinación de un mundo plural que nos conmueve, es encontrar en la breve realidad de un cuento el inmenso galardón de los sentimientos. No importa que la palabra cuento *guarde su acepción peyorativa. Estos cuentos pueden llenar nuestra imaginación, como pueden llenar nuestra vida. Acabaremos, eso sí, con una cierta adicción; probablemente, una cierta inquietud, que nos mueva a saber cada vez más de nosotros mismos.*

Dejémonos llevar, porque creo, como Nietzsche creía de la música, que la vida sin cuento sería un error.

José García Templado
Catedrático de Literatura

DESENCANTAMIENTOS

...«su rostro era el de un hombre que llega de muy lejos».

«Poema de Gilgamesh»,
último verso de la Tablilla I,
columna II.

1

«Vivir es caminar breve jornada»

QUEVEDO

La muerte llega por los pies

—¡VAMOS, Perico, vamos! ¿Tú quieres que vayamos, Perico?

Ha muerto tía Asunción. Tía Asunción era gorda, enormemente gorda; decía que la muerte llega siempre por los pies: «pies fríos y cabeza caliente, signo de muerte». Tía Asunción era refranera. Las gentes de los pueblos suelen serlo. Su repertorio, interminable, surgía como si los inventase a cada momento.

Cuando el señorito Javier, tras enfadarse con prima Rosa, ennovió con Teresa la del alcalde, dijo: «Entre el amor y el dinero, lo segundo es lo primero». Y lo dijo tranquilamente, sin acalorarse; no como Luisa, que le llamó sinvergüenza en la puerta de su casa. Luego la prima Rosa lloraba sin consuelo. En realidad lloraba desde que se enfadaron.

* * *

Eso de morirse es una cosa tonta. Se había muerto tía Asunción. Se había muerto porque estaba allí, tiesa, liada en una sabana en el suelo, entre cuatro velones, menos gorda que siempre. Se había muerto porque estaba callada; seguramente el pañuelo blanco, que pasándole bajo la barbilla le cerraba la boca, se lo habían puesto para que no repitiera refranes.

Hacía un día espléndido. Habían cerrado la ventana para que no le diese el sol.

Perico y yo entramos asustados. ¿Por qué negarlo?

—¿Tienes miedo, Perico?

—¿Quién, yo? ¿Y tú?

—Algo...

—Yo también, Juanillo.

Se murió anoche. No tocaron agonías porque ya habían dado las ánimas. No sé si le disgustaría que no le tocaran agonías. Tía Asunción era eso que se suele llamar una beata, estaba siempre en la iglesia, y, una tarde que nos sorprendió en el huerto jugando a los bandidos con fusiles de cañas en vez de ir a la escuela, nos zampó en el gallinero a toda la pandilla a rezar el rosario.

* * *

Anoche estaba lloviendo. Después cesó, y salió la luna; una gran luna: grandísima. «Nerón» ladró en la corraliza lastimeramente, casi aulló; quizá a la luna; quizá, no.

De vez en cuando pasaba alguien hacia arriba chapoteando en los charcos con cuidado. Iban a la vela. A la... vela. ¿Habría muerto tía Asunción? Por las junturas de los ventanos entraba un airecillo frío, húmedo, de lluvia... Perico dormía tranquilamente.

—¡Calla, «Nerón», calla! Perico, ¿duermes?

Sí, claro que duerme. A Perico le han dormido las gotas pegando en el tejado.

Mejor. Perico tendría aun más miedo que yo.

He soñado con las procesiones de Semana Santa. Largas filas de nazarenos silenciosos. Los «armaos», con vistoso aparato, y la Dolorosa, y tía Asunción, y Rosa. «Abril, lluvias mil», me pareció oír a mi tía. Había llovido. Abril, Semana Santa. Tía Asunción y Rosa, detrás de la Dolorosa, descalzas... ¡Debían de tener los pies helados!

«Pies fríos y cabeza caliente...» «Pies fríos», «pies fríos», «frío». ¡La prima Rosa estaba tan guapa con los pies descalzos...! Y tenía frío; yo también tenía frío. El señorito Javier no le conviene a Rosa, pero...¡La prima Rosa tiene los pies fríos! Yo no quiero que tenga frío Rosa. Yo también tengo frío. ¿Por qué tendré yo frío?

Me despierto. Es de día. ¿Las seis? Entra la claridad por el ventano. Perico duerme.

* * *

Rosa llora como una Magdalena. Está guapa a pesar de todo.

Rosa es mucho más guapa que Teresa la del alcalde; bueno, que la señora Teresa, porque ya se casó con Don Javier, que ha engordado y todo, y tiene un coche «Ford» de esos pequeños, el único del pueblo.

Rosa tiene unas ojeras enormes, y solloza mientras acerca un trozo de algodón, que moja en un frasquito, a la nariz y a la boca de su madre. Puede que la limpie algo, o ...no sé lo que hace.

Mariana ni siquiera se ha acercado a su madre. Mariana quiere ser monja. A tía Asunción no le disgustaba la idea. Mariana piensa que morir es natural; que no tiene importancia ni aun tratándose de su madre. Pero esto no por monja futura, sino por ser como es. Tampoco lloró cuando el tío, y lo quería más.

Hay muchas mujeres. Todas, casi todas, van vestidas de luto, de negro, y hablan en voz baja. De vez en cuando alguien hace un comentario que quiere ser gracioso, digo yo, porque provoca sonrisas más o menos furtivas. En la otra habitación también hay mujeres, y algunos hombres, y en el rellano de la escalera.

Perico y yo nos salimos. Hemos pensado lo mismo. No se nos va de la cabeza lo de los «pies fríos». Con una sola mirada nos hemos comprendido. Ninguno nos atrevemos a proponerlo de palabra.

—Vendremos cuando haya menos gente, Pedro.

—Eso, Juanillo.

Madre nos llama.

—Nenes, marcharos a casa, que es hora de que comáis. Padre os espera.

* * *

El entierro es a las cinco. Perico y yo hemos comido poco. El tiempo cambió. Seguramente esta noche volverá a llover, como ayer.

El cielo está loco. Sol, lluvia, sol, lluvia... Está nublado. Perico y yo hemos ido aprisa a casa de la tía. La tía estaba en la caja. Son las tres. En la habitación de fuera sólo hay unas cuantas personas. En la entrada también hay pocas. La caja está cubierta de flores. No hay nadie allí –¿vendrán en seguida?

—A los muertos no los dejan solos, ¿verdad, Perico?

Al entrar, al mover las cortinas, el gato ha salido corriendo. Salta por la ventana entreabierta. El gato de la tía, de angora, blanco, hermosísimo.

Siento frío. Rápidamente nos acercamos a la caja. Perico está palidísimo. Yo, seguro que también. Nunca habíamos estado solos junto a un muerto.

No llegamos a destaparle los pies a la tía. La sábana que los cubría estaba muy caliente.

Confieso que entonces ninguno de los dos pensamos en el gato.

Los dientes al espejo

ANGUSTIAS ha madrugado esta mañana algo más que ayer. Algo más que mañana madrugará también. Algo más que siempre. Se ha peinado despacio, como si fuera un rito el llevarse las manos a la nuca, separando los codos, el trenzarse la abundante melena, negra negra de tinte y esperanza que le dan su cepillo mugriento y su ventana.

Luego, con la punta de la toalla mojada en la jofaina, de porcelana blanca con dibujos de florecillas rojas diminutas, se ha lavado la cara lentamente, y los ojos. Como a diario ha metido los dedos dentro de las orejas.

Pero esta mañana Angustias ha madrugado más. Después ha ido hacia la ventana, como todos los días. Ha llegado hasta ella y se volvió de nuevo hacia el espejo.

Esto ya no es diario. El espejo, y la ventana, y la cómoda azul, y las cortinas, y la piel de carnero como alfombra, y esa litografía de la Virgen de los Desamparados que está sobre la cama de caoba, y esa muñeca que cuenta tiempo encima del armario no recuerdan un acto semejante.

Vuelve a coger la toalla, la punta humedecida, y se la pasa para alisar las cejas; lo está haciendo con mimo. A continuación, Angustias, le enseña sus dientes al espejo. Sus dientes desiguales; los de abajo son algo más parejos. Al hacerlo, al enseñar los dientes, ha fruncido la frente aún más que de ordinario, y las arrugas del arranque de la nariz parecen protestar de que estén amarillentos, sucios.

Se ha envuelto el índice con un extremo seco y lo frota violentamente por los dientes, por las encías. Se hace daño de tanto restregarse. Después otra vez los enseña al espejo. Están mejor, sí, mejor. Eso.

Hoy regresará Juan. Ella lo sabe. Sabe que Juan sólo tendrá ojos para ella; que vendrá a buscarla; que, al fin, podrá sacar fruto a la ventana de la espera continua. Sabe que hoy, esta mañana quizás, aparecerá la dicha en su camino, la dicha a la que no se ha de preguntar por qué ha tardado.

Angustias ha sentado sus cuarenta y ocho años junto a la ventana, en un sillón de mimbre. Desde allí espera la hora del desayuno, la de las comidas, la del rosario. Espera. Va al rosario porque al atardecer –cree– no puede aparecer la esperanza. Juan tiene que venir con el sol, o con sol; por eso madruga en su ventana y ve pasar las gentes hacia el trabajo; los carros con mulas enjaezadas, cascabeleantes; el paso perezoso y extrañamente desequilibrado de los bueyes que arrastran despaciosamente sus traqueteantes carretas, macizas, pesadísimas...

La alfombra de piel de borrego, y la cómoda, y la litografía de la Virgen de los Desamparados, y todo, la han visto sentarse como siempre, erguida en su sillón, dominando la plaza por completo, sin mover la cabeza, como mármol. Ha arreglado sus pliegues instintiva e imperceptiblemente. Se ha ajustado la pañoleta gris a la cintura.

Ella sabe que Juan viene hoy. Lo ha oído a las criadas. Claro que ni preguntó, ni las sirvientas se atrevieron a hablarle del asunto. Tan sólo Inés, el ama, viejecita, manida, de mirada brillante y avispada, podría decirle algo. Pero no se lo dijo. La niña Angustias, «Gustias», «Gustitas» (Cuarenta y ocho años, un sillón de mimbre y una ventana), no está bien de la cabeza desde...

Desde hace mucho tiempo. ¡Tanto tiempo! ¡Tantísimo tiempo!

Angustias habría querido preguntar. No había oído mucho. Apenas algo sobre el señorito Juan, y que volvería hoy; que llegaría hoy. ¡Que volvía! ¿No era eso bastante?

Angustias hacía treinta y dos años que no besaba sino estampitas de santo y la cruz del rosario. Sí, exactamente desde poco antes de cumplir ella los diecisiete. Juan era alto, moreno, apuesto..., y la había besado. Juan la había tenido entre sus brazos aquella vez. ¡Y dicen que es fácil olvidar!

Por la calle pasan de vez en cuando carros hacia el campo. Las campanas han sonado ya a misa de ocho, a la misa segunda. Las acacias de la plaza están muy oscuras; su verde parece casi negro de intenso, y los caños vierten agua monótonamente. Ya se oye el yunque.

«¡Qué fuerte era el brazo de Juan!» Todavía le parecía tenerlo en la cintura, poderoso y amante desde tantos años. ¡Y, por fin, vendría hoy!

«Tendrá el cabello plateado –se dijo–. Tal vez camine un poquito inclinado, porque... ¡Era tan alto! ¡Pero qué más da! ¡Vuelve! ¿Acaso no es maravilloso?»

La casa de Angustias es de ladrillo rojo. Bueno, no es tan rojo. Más bien rosado, pálido, naranja de tiempo. Tiene cuatro balcones y dos escudos sin rellenar, indefinidos; puerta claveteada, enorme, fuerte, con postiguillos. Hace mil años que no se abrió toda. Da a la plaza del pueblo, con su fuente, sus mozas, su empedrado de bolos y de tierra, sus acacias, sus chiquillos jugando, sus perros.

Enfrente, al otro lado de la plaza, cuadrada, grande, gris, está el aperador, el que arregla los carros, y las rejas para la labranza, y los trillos para las eras, y las verjas para las casas. Hace gritar su yunque, que es sonoro; continuamente repiquetea. Angustias sabe muy bien qué es lo que trabaja según suene más o menos aprisa, de una forma u otra.

Hoy el yunque le parece más alegre, más dulce, más sonoro. Hoy, quizás, parece todo distinto para Angustias que sigue, igual que siempre, en su ventana, en su sillón de mimbre, en su mundo expectante en el que sólo hay una novedad: la de los dientes.

A las nueve ha desayunado. Tomó tostadas, chocolate y ventana, como todos los días durante tantos, porque no deja ni un instante de mirar a través de los cristales.

Inés está tranquila, o lo aparenta. Todo sabe a normal, a cotidiano, a fácil, a amigo. «Gustias» no sabe nada. Mejor. No puede saber nada. No debe saber nada. ¡Si la pobre señorita supiera...! ¡Si la pobre «Gustitas» no tuviera así la cabeza desde..., desde que pasó aquello!

Inés, la viejecita, está echa de conformidad, de amor, de caridad, de harina candeal y mosto. Es pequeñita y dulce, y ¡está tantos años en la casa! Vino para cuidar a doña Angustias cuando recién nacida. Después se quedó allí siempre, como los recuerdos fuertes, como el temor al cáncer del abuelo, por si acaso se hereda, subconsciente.

A las once, puede que unos minutos antes de sonar las campanas con la hora, la plaza se ha animado. El sol sigue dorando suavemente las piedras de la fuente, y las acacias se duermen confiadas a su abrigo. Los vecinos se asoman a los balcones, a las terrazas, a las puertas de las casas de un piso, a las esquinas, y las mozas descuidan sus cántaros. El aperador no golpea el yunque. Ha salido a la acera en camiseta, con delantal de cuero y recia barba de lo menos tres días. Hay un revuelo enorme entre la gente. «¿Será Juan el que llega? ¿Será acaso...? ¿Qué puede ser si no lo que sucede?»

No ha movido ni un gesto, ni una arruga de su falda siquiera se ha deshecho, ni un crujido tan sólo ha mascullado el sobado sillón de mimbre, viejo. Todo ha quedado igual en el ambiente; cada cosa en su sitio: los retratos, la palangana y todo.

Es un entierro. Pasa frente a la casa de ladrillos; entre su puerta y la fuente que, incansable, sigue echando su chorrito de agua al agujero, tras recorrer el panzudo barro del último cacharro que pusiera cualquier moza de esas que, olvidadas, se agrupan murmurando en los corrillos.

No tienen que decirle lo que ocurre. Inés, con disimulo, asoma sus ojillos como ascuas en el balcón de al lado: Es Juan el muerto. Juan Carredano hijo.

Angustias ahora piensa que ha vuelto, para siempre, el otro, el de su espera.

Termina de pasar el cortejo, y Angustias no se mueve. Ni una lágrima, nada. Algunas gentes miran hacia la casa con malicia, tal vez con burla o algo. Quizá ni eso siquiera.

Hace otro extraordinario: Se levanta, camina hacia el lavabo lentamente, lo más lento que puede, y le enseña los dientes al espejo.

Pepa la vieja

ÉRASE una vez un niño cojo. Un niño que también le pudo decir a Juan Ramón: «espera, voy a coger las muletas»; y barajaba ilusiones de las que hay en el cielo en las noches tranquilas.

Aún no habían construido el nuevo parque, y tenía la ciudad un aire tan romántico con sus grises de piedra y farolas de gas como no te imaginas.

Jacinto, el niño cojo, la llamaba Pepona: «Pepa, Pepona, ¿vienes?», se le oía decir fuerte. La llamaba Pepona, y, cuando se murió, Pepa le lloró mucho y le llevó al cementerio rosas blancas y rojas. Ahora Pepa está con el cojito, entrando a mano izquierda el cuarto panteón.

Pepa vivió hasta los noventa años, y había llevado en brazos a toda la familia. Empezó de niñera de mi tía bisabuela, «para mover la cuna» como decían entonces. Era tan pequeña que no sabía ni siquiera peinarse. Todas las mañanas la aseaba su madre. Tía bisabuela Antonia había nacido coja. Sería tal vez herencia lo del pobre Jacinto.

En los tiempos del cólera, Pepa fue quien guardó la orza con los duros; unos mil duros de oro. También guardaba flores para hacer infusiones y un puñado de todo lo que guisaba siempre. Luego, muy satisfecha, si por algún descuido se terminaba algo, antes de ir a comprar aparecía en la sala con un paquete grande de garbanzos o alubias para cuatro o seis veces, diciendo: «Ve, señora, guardando siempre queda».

Era buena y menuda, natural de Molina. Le salía la menestra como a nadie. Los chicos la llamaban Pepa la Vieja, y todos la querían. Ella los manejaba y les contaba historias o les daba cachetes cuando lo merecían, aunque eso sí, no muchos.

Carlitos, rubio y alto, más alto que ninguno aun sin ser el mayor, era el ojo derecho de Pepa, si es posible decir que lo tuviera. Se sofocaba pronto, y si no estaba Pepa se atrevían las criadas a hacerle insinuaciones como: «mira Carlitos, siempre metido en la cocina, pegándose a nosotras, como si le gustara jugar con las mujeres»; y Carlitos corría escaleras arriba a esconderse en su cuarto, rojo de ira y vergüenza. Él no sabía por qué, pero se sofocaba cuando Joaquina, para fregar el suelo, de rodillas, enseñaba los muslos más de lo necesario. Eso le parecía indecente; y Joaquina que era muy descarada, al observar al chiquillo confuso y colorado, se reía a carcajadas que perseguían hirientes a Carlos entre el regocijo de sus compañeras.

Carlos fue militar. Lo mataron en Cuba siendo ya coronel; mejor dicho, murió de unas extrañas fiebres de esas de por allá, pues el tiro en la pierna que lo retuvo en cama durante tres semanas no podía ser bastante para matar a un hombre, así que en realidad fue la manigua la que dio al traste con su ya brillante carrera.

Pepa la Vieja oía misa en San Antolín, y a veces en San Pedro, y muy de tarde en tarde decidía ir a su pueblo a ver a la familia. Los chiquillos, en grupo, la despedían diciendo: «adiós, Pepa, no vuelvas en tres o cuatro días»; y ella también pensaba quedarse mucho tiempo descansando con sus parientes de Molina, pero volvía enseguida; aquella misma noche, lo más al día siguiente. Siempre ocurría igual.

El cuarto de los niños, que casi crió Pepa, la defraudó ampliamente. Veía con buenos ojos que fuese aventurero, pero cuando regresó de Argentina con cien extravagancias y un afeminado ramalazo de lechuguino pera, Pepa se puso en guardia y le colocó el «don», y no digamos nada cuando hizo construir en la casa del campo un pabellón pequeño, donde instaló una ducha para remojarse con su traje de baño durante los veranos. También hacía gimnasia; eso era ya diabólico. Al marcharse tío Pedro (decía que no podía vivir en esta tierra y regresó a Argentina) Pepa la Vieja quiso purificar el «antro» y mandó poner leña, tras quemar abundante azufre de canutillo, convirtiendo en covacha el baño de mi tío.

Pepa empezó a ser vieja, a ser vieja de veras, al fallecer José. Si no la veía nadie se iba a su habitación y se estaba llorando desconsoladamente, rezando por José, sospechaba tía abuela, y también por Jacinto; y todos los domingos les llevaba un gran ramo de flores y de lágrimas.

Supongo que a José le gustaba que fuera Pepa la Vieja a visitarle, aunque lo de las flores no le haría mucha gracia, pues, a no ser que cambien mucho los chicos al morirse, me parece que a él no le entusiasmaban las flores ni nada parecido.

Como estaba diciendo, por aquellos entonces Pepa empezó a ser vieja. Ya no hacía las comidas (¡lástima de menestra!), ni guardaba puñados de garbanzos ni alubias, ni las plantas para las infusiones, ni iba de vez en cuando a Molina como antes para dar una vuelta, o porque se había enfadado con los niños. Pepa se ocupaba tan sólo de cuidar los canarios y limpiar los quinqués, y de contar historias a Gabriel, a Martín, a Matilde, a Pascual y a María, que era rubia además de tan buena que jamás se enfadaba con Gabriel y Pascual, los dos peores de toda la pandilla, que andaban a patadas con su gato blanco, precisamente para hacerla rabiar. Pepa, definitivamente, empezaba a ser vieja y a tener sus pequeñas manías.

Cuando se fue Jacinto (ella siempre decía que «se había ido Jacinto») colocó sus muletas en un cuarto trastero, al final del pasillo. Me parece que Pepa, con bastante frecuencia, iba a ver cómo estaban y pasaba un buen rato mirándolas absorta. Otras veces contaba que por la noche había escuchado golpes en el pasillo, como si el pobrecito Jacinto viniese a sostener su pierna igual que antes de morirse. Yo no sé qué pensar de todas esas cosas, ni tampoco del hecho de que oyera su voz llamándola «Pepona» tal vez lo soñaría, aunque es absolutamente cierto que se levantaba de la cama y corría hasta el pasillo dando gritos que despertaban a los demás. Por eso se enteraron, ya que Pepa la Vieja no quería decir nada.

Carlos, Pascual, María y Jacinto eran hermanos, y primos de José, Gabriel, Pedro, Matilde y Martín, el mayor del grupo, que luego fue ingeniero y tenía la voz bronca. Estaban siempre juntos, porque vivían en el mismo edificio, y cuando se marchaban de temporada al campo –todos al mismo lugar– en vacaciones, se quedaba la casa rebosando un silencio desusado que inundaba la calle.

Un día, al volver Pepa de misa, le dijo a su señora: «No sé lo que me pasa; hoy la gente me mira». Cuando la mandaron a verse en un espejo llevaba pegadas en la frente dos coronas de esas de los pepinos que ella solía colocarse porque era refrescante. Pepa era así. Tan sólo se le ocurrió decir: «tenía razón la gente», y sonrió.

Era sumisa y todo le agradaba. Usaba un gran pañuelo cruzado sobre el pecho, anudado a la cintura, e iba siempre de negro; más que de negro diríase que de luto riguroso. En el daguerrotipo amarillento y malo como de aquella época no se aprecia gran cosa.

Fue seis años después de aquel triste del cólera, en el que se enterró la orza con los duros debajo de la higuera verdal que había en el patio, cuando marchó María. Se casó con un joven señor de barba recortada, funcionario de Hacienda, que vino de Madrid para resolver algunos asuntos. Al poco quedó viuda –no había tenido hijos– y, como nada la retenía fuera de la familia, regresó a la casa a vivir como antes, y a que de nuevo Pepa peinara sus largas trenzas rubias igual que de pequeña. Siempre conservó sus trenzas, acaso como seña de identidad que la aherrojara al hermoso recuerdo de la infancia. Pero Pepa ya estaba demasiado vieja, sin necesidad de juego de palabras, y se murió muy pronto.

Como digo está ahí, entrando a mano izquierda, en el gran panteón del que nadie ha pensado tocarla, con todos los chiquillos: Gabriel, José, Martín, Jacinto –el niño cojo– y la hermosa María, y Matilde que era como una fiesta eterna, y Pascual, y hasta Pedro, al que por fin trajeron muerto desde América para que reposara con los suyos.

Carlos también está. Quizás lo enterraron con su uniforme y los grandes bigotes que se dajara mientras anduvo por las tierras de Cuba, o a lo mejor de rayadillo porque estaba en campaña, pero a pesar de todo seguiría siendo amigo de su Pepa la Vieja, que ha de contarle cuentos, como cuando eran niños, en esa noche larga, inmensa, sin respiro, que están durmiendo juntos.

Y cuando corran todos a esperar a Pepona que se había ido a Molina –Pepa, Pepa la Vieja–, no tendrá que decir Jacinto como antes: «esperadme un momento, voy a coger las muletas».

Los cuernos de Amalita

ESTÁN en los salientes de arriba del perchero-bastonera horizontal, pitón mirando a pitón –ambos romos–, como si se tratara de una gran cornamenta en testuz que no es sino barrote torneado de madera, el más alto de los siete; un modesto armazón sin pretensiones, clavado en la pared, donde se acumulan cayados, paraguas, un par de viejos sables y hasta tres escopetas inservibles, entre sombreros de rafia y varias gorras prendidas en los lustrosos ganchos que han perdido con el paso del tiempo el brillante barniz marrón que los cubría.

Hace ya muchos años que presiden el zaguán, y sólo los tocan muy de tarde en tarde, supongo, para limpiarles el polvo que se cuela por la puerta desde los próximos bancales de frutales, pero tuvieron su época gloriosa, ya lo creo, los cuernos de Amalita. Y es que Amalita se llamaba la chiquilla a la que mi padre escayoló la pierna cuando perdió el equilibrio con la bicicleta aquel verano de mi infancia-casi adolescencia. Tonio y yo no queríamos jugar con ella porque nos parecía pueblerina, feilla y larguirucha; y cuando en agradecimiento a la cura –con antitetánica y todo, porque se hizo rozaduras con la grava– se presentó una tarde llevando un envoltorio de periódicos que apestaba a cal, a zotal o a diablos, y dijo: «de parte de mi tío», nos compadecimos un poco, no demasiado, de su desangelada facha.

Entre los periódicos aparecieron aquellas dos astas de res sacrificada en el matadero. El tal tío era matarife en la ciudad y se había enterado de nuestra afición a los toros.

Desde entonces fueron los cuernos de Amalita, y con ellos encajados en los extremos de un grueso taco, y los restos de un deshecho triciclo que había en el almacén, construimos un carrillo para torear de salón, sin más capote ni muleta que un trozo de lona convenientemente recortado.

Por esa época no nos perdíamos corrida, ni en las Fiestas de Primavera ni en la Feria de Septiembre, e incluso íbamos en los autocares que, los domingos, organizaban excursiones taurinas a pueblos y ciudades cercanos: Albacete, Cartagena, Alicante, Hellín... Yo empezaba a coleccionar carteles, y me quedé con las entradas para ver a Manolete. Nadie podía creer lo de Linares.

Era David quien empujaba el carrillo. David, sin haber asistido jamás a una corrida, resultó gran aficionado; probablemente porque se miraba en nosotros, especialmente en mí. «Tú tienes figura para eso; podrías ser torero» –me decía–, y otras veces: «no te olvides de que existo, ya sabes», mientras se esforzaba tarde a tarde en pasar el carrillo lo mejor posible para que yo veroniqueara a mi antojo una y otra vez con el trozo de lona recortada a guisa de capote. Era incansable. Parecía depender su porvenir de cada deslavazado embite, porque, de mañoso, nada, por más que pusiera la mayor atención y voluntad posibles.

También David se quedó sin ver a Manolete. Le habíamos sacado entrada para que nos acompañara y fuera por fin a una corrida de toros. No hubo tal.

Tenía David sus buenos treinta años, o más, y todos trabajando en la finca de mis padres, desde que volvió de la mili, o tal vez antes.

Lo de trabajar es un decir, porque a él lo que le gustaba era charlar, y ponerse en cuclillas a fumar mientras escuchaba el discurrir del agua por la acequia... y hacer recados en los que echaba media jornada larga.

«Ya sabes: yo tu mozo de estoques» –insistía–, y hasta se estiraba como si en vez de mozo se creyera banderillero por lo menos.

Con el paso del tiempo y los estudios se fueron espaciando las estancias en el campo, y haciéndose más breves. Nos preocupaban otras cosas. Fuimos dejando el juego, y los cuernos de Amalita, que ya no era Amalita, sino Amalia, casada y con dos hijos, acabaron en el perchero, integrados como parte del mueble. No sé si alguien más de la familia los llama «los cuernos de Amalita», porque aquello era lenguaje nuestro –¿te acuerdas Tonio?– y sigue siéndolo por lo que a mí respecta, aunque haya transcurrido media vida con creces.

Luego terminé la carrera, y, con tanto trabajo, sólo algún fin de semana, durante las vacaciones, regreso a la casa de campo de mi infancia; la casa del zaguán, en la que veía envejecer a David, seco, alto, templado... y hablador.

En cierta ocasión, con motivo de las fiestas del pueblo organizaron una becerrada, y David –así me lo contaron– no pudo sustraerse a la tentación de participar de alguna forma en el acontecimiento. Probablemente recordaría sus tardes de carrillo frente al trozo de lona manejado por mí. Pero como no podía hacer otra cosa, se conformó con el paseillo, ante la única y estrafalaria cuadrilla, portando el cartelón anunciador del espectáculo, que lo fue en toda la acepción de la palabra. Iba tan estirado y satisfecho que parecía el protagonista del festejo, igual que se sentía protagonista cuando embestía incansable empujando los cuernos de Amalita. Seguro que le habría gustado que yo estuviese allí, aunque hiciera tantísimo tiempo de sus sueños como mozo de espadas del chiquillo que fui y él admiraba.

Aun jubilado todavía se presentaba a verme en cuanto se enteraba de que había ido a al casa de campo.

Recuerdo que miraba con nostalgia aquellos cuernos inmovilizados en el perchero-bastonera horizontal clavado en la pared, entrando a la izquierda, muy cerca de la puerta. Nunca me dijo que le había quedado escasa paga de la Seguridad Social, ni que pasara apuros... Pero yo le llevaba algún regalo: galletas, revistas, cigarrillos, cosas por el estilo, y dinero con la excusa de que se convidara a mi salud en las próximas fiestas.

Así hasta estas navidades en las que, cuarenta años después de sus sueños taurinos, me entero de la muerte de mi mozo de espadas hipotético.

—Murió de madrugada.

—Siempre preguntaba por ti.

—¿A qué hora es el entierro?

—Si quieres te acompaño. Seguro que no sabes dónde vivía David.

Naturalmente, voy a ir al entierro, y me acercaré a su casa. No se merece menos.

Aunque no fuera así también lo haría.

Una casita baja, de una planta, en un barrio alejado, si es que hay algo alejado en este pueblo.

La mujer, enlutada, con los ojos llorosos y tristísima, no sabe si abrazarme, darme la mano, saludar... No sabe. Soy yo quien la estrecho por los hombros. Es menuda, pequeña, aparentemente algo más joven que David.

Intento darle ánimos apenas con el gesto y muy pocas palabras. Tampoco sé que decirle, pero aventuro:

—Era un hombre cabal, estupendo. Guardo buenos recuerdos desde...

—Gracias –dice–. Dios se lo pague, señorito.

Y yo no habría querido que me llamara señorito, sino amigo, don Pedro..., no sé.

Resulta inevitable.

— Sepa que estoy a su disposición. –Me parece una formula vacía, pero su rostro muestra agradecimiento.

Me presenta a las hijas, mayores que yo, y a sus yernos, y señala con el índice una fotografía enmarcada en la que estoy, de pantalón corto, con David asido al carrillo y una sonrisa amplia de satisfacción plena.

Ni siquiera me acordaba de esa foto, en lugar preferente, junto a otra de su época de soldado y las de primera comunión de las hijas.

—¿Quiere pasar a verle?

Entro en la alcoba, en penumbra, donde a su alrededor se sientan las vecinas, los amigos. Me parece un rostro casi ajeno, distinto. Un viejecito al que la muerte imprime cierto aire de serie. Y no era tan mayor, ¿o acaso sí?

La entreabierta ventana que da al patio muestra una cuerda de tender de la que cuelgan prendas recién teñidas: el luto de los pobres.

Después me quedo un rato en la calle, charlando o sin charlar con otros hombres que conozco de vista, y aun de nombre. A mí sí me conocen.

Tengo la impresión de que me aceptan. Agradecen mi presencia en el duelo, y me siento más ligado a la tierra, a las gentes, al pueblo.

El entierro lleva un buen acompañamiento. Era hombre conocido, con amistades. Además en los núcleos pequeños ya se sabe, hoy por ti, mañana por mí. Recorre varias calles desde la Parroquia para enfilar el camino del cementerio, próximo.

Antes de salir del casco, inoportunamente, llega hasta el cortejo la música de una radio a todo volumen. Escucho los compases de «El gato montés». No es tan inoportuno. Parece un homenaje providencial e inesperado. Una buena despedida para David, que no puede estirarse dentro de su féretro, claro, pero seguro que allá arriba sí que se estirará.

Tendría que haberle regalado hace mucho los cuernos de Amalita. Le habría hecho feliz colgarlos en su casa. Ahora lo pienso.

2

«Qui n'a pas l'esprit de son âge,
de son âge a tout le malheur».

VOLTAIRE

«Sabía muchas cosas, pero todas
las sabía mal».

Fragmento del Margites
(anónimo siglo IX a.C.?)

El catálogo de Velázquez

Premiado en el «Villa de Mazarrón», 91

SENTADO en el pétreo banco corrido, que se extiende a lo largo de la alta y gruesa verja del Jardín Botánico, frente a la polución, e indiferente al intenso tráfico de automóviles, furgonetas de reparto, autobuses, camiones y motos y ciclomotores de los mensajeros driblando vehículos hacia y desde Cibeles, el hombre fumaba sosteniendo entre sus piernas el voluminoso catálogo cuya tapa reproducía a todo color la cabeza, coronada de laurel, del adolescente Apolo rubio de «La fragua de Vulcano». No es que se distinguiera con nitidez la expresión –a mí me parece picaro-burlesca, al menos irónica– del jovenzuelo dios de los oráculos, de la belleza, de los rebaños, de la poesía, de la música y de las artes en general, hijo de Júpiter y Letona y hermano gemelo de Diana, llamado también Febo como conductor del carro del Sol, pero durante aquel marzo del 90 el catálogo de la Exposición de Velázquez se había convertido en algo tan habitual que se podía encontrar en cualquier sitio, como si fuera objeto incorporado a la vida normal, pese a las tres mil quinientas pesetas de su precio, por obra y gracia de la bien orquestada campaña publicitaria que dio como resultado una engañosa apariencia de interés cultural, traducida, entre otras cosas, en las enormes colas ante el Museo del Prado para contemplar –como en recorrido turístico– la colección de la que no sé por qué era popularísima protagonista «La Venus del espejo», empadronada en la National Gallery de Londres.

En esa cola permanente de la fachada del Prado, para acceder el museo por la puerta de la Plaza de Murillo, había permanecido bastantes horas nuestro hombre, que por cierto no entró a ver la exposición, sino que tras adquirir el catálogo volvió a la calle y se acomodó en el banco donde estaba, para descansar sus pies de aquella especie de procesión lentísima, pasito a pasito, que resultaba verdaderamente agotadora, sobre todo para él que, sin duda, por su aspecto, superaba con creces los sesenta y cinco años oficiales de la jubilación, aunque no parecía un anciano ni mucho menos.

Le había encargado su nuera, profesora de E.G.B., que comprara el catálogo, y lo había hecho; como cuando le encargaba su hijo que presentara algún documento en las ventanillas de Hacienda o que le recogiera certificados de penales. También llevaba a veces los niños al colegio. A todo ello se presentaba gustoso, pues le servía para entretener sus ocios de viudo sin responsabilidades ni quehacer.

Otra cosa es que le interesara o que sintiera curiosidad por seguir con los demás de la cola el recorrido a través de las salas de la Exposición, como tampoco le interesaba lo que había a sus espaldas; el Botánico donde convivían toda suerte de yerbas, flores, árboles y arbustos *(Liriodendron, Cercis siliquastrum, Drimys winteri, Ficus, Leonicera japonica, Espeletia Lopezii, Pinus halepensis, Citrus limonorum, Juniperus phoenicea, Abies alba, Castanea sativa, Astragalus aristatus, Thuja arientalis, Chorisia speciosa, Antiaris toxicaria ...),* ni las 80 reproducciones de cuadros que se apiñaban en el volumen del catálogo, sin contar los «detalles».

Y sin embargo, si hubiera buscado en los parterres, tras la verde barrera de arbustos *(Paulownia tormentosa)* que impedía ver el interior, podría haber descubierto una especie de planta perteneciente a la familia de las solanáceas, llamada beleño negro *(Hyoscyamus niger)*, que recibe su nombre del dios galo Belenus, equivalente o referido a Apolo en la mitología griega, de ahí que también sea conocida como apolinaria, que viene a ser la representación vegetal de la figura que aparece en la cubierta del catálogo; y si hubiera abierto el volumen por la página 159 se habría encontrado con el cuadro (223 x 290 cm.) de «La fragua de Vulcano», donde no sólo vería al joven Apolo, de cuerpo entero, calzado con sandalias a juego con la rama de *Laurus nobilis* que circunda su testa, aureolada de rayos solares, sino al propio dios del arte de trabajar los metales, sujetando sobre el yunque un pedazo de plancha al rojo, acompañado de cuatro sorprendidos titanes que escuchan atentamente la revelación de que su esposa, Venus, le es infiel con Marte, a quien se supone está destinada la armadura que forja.

La apolinaria tiene flores amarillas, sésiles, con corola plegada, infundibuliforme, hojas verdes, dentadas y bellosas de olor fuerte y desagradable. Es hierba narcótica, remedio babilónico para el dolor de muelas y usada en brujería, por lo que está relacionada con los oráculos; aunque lo que Apolo hace en el cuadro de Velázquez más que oráculo es una confidencia con toda la mala intención del mundo.

Pero el hombre del catálogo no hizo nada de eso; simplemente descansaba sus pies de las horas de espera y, en un momento, se puso a pensar en la suerte que había tenido, ya que sin preocuparse demasiado del hijo, éste le había salido aprovechado, hizo su carrera universitaria y montó una Gestoría Administrativa que marchaba bastante bien.

Lo malo fue quedarse sin la Juana –la señora Juana para los vecinos de la barriada de Tetuán de las Victorias– que murió antes de que el hijo levantara cabeza, empezando a ganar algo de dinero, y se casara con la profesora de E.G.B.: un sueldo fijo nada despreciable.

Las propiedades del beleño negro son semejantes a las de la belladona, por el parecido de la composición química de ambas plantas, pero además tiene la virtud muy singular de producir una sensación de gran ligereza. Al que se halla bajo su acción le parece perder peso, se siente ingrávido y acaba creyendo que vuela por los aires. El afectado suele ser víctima de alucinaciones y extrañas imaginancias, las más veces relacionadas con sus deseos o con sus propias inconfesadas inquietudes a creer vivir el futuro como sólida realidad.

En otro momento nuestro hombre sintió una especie de nostálgico estremecimiento con el recuerdo de sus tiempos de aprendiz en la modesta herrería, de la que terminó siendo primero socio y después dueño, porque el patrón, un viejo solitario, no tenía a quien dejarle su negocio. Lo que pasa es que trabajar en una fragua es duro y, aunque él sí tenía posible heredero, le pareció muy bien que su hijo se inclinara por los estudios, así que acabó traspasando la forja y se dedicó a hacer portes con una camioneta, tras estar algunos años, sin éxito apreciable, en la compraventa de hierros de derribos, hasta que se retiró definitivamente no hace mucho.

Un poco más arriba, en la acera del Museo, cierto avisado espontáneo dibujaba con tizas de colores una Virgen de Murillo sabida de memoria. Lo podía hacer a ojos cerrados de tantas veces como la había repetido. Los pacientes de la cola, hombres, mujeres, niños, matrimonios, estudiantes, clases pasivas, familias completas, parejas de novios, japoneses y etcétera, miraban de soslayo el oficioso ceremonial del «artista» mendicante que intentaba silenciosamente despertar la sensibilidad de los supuestos aficionados a la pintura. Eso sí le gustó al ocupante del banco, admirado de la habilidad con que el muchacho –era un muchacho– manipulaba las tizas hasta configurar sobre el pavimento aquel Murillo de grandes dimensiones, y hasta pensó con pena en lo efímero del esfuerzo. La lluvia, las pisadas, el polvo, acaso la manga de riego a la mañana siguiente destrozarían la obra. Inevitable. Y vuelta a empezar, quizás recomponiendo los restos, porque mientras durara la muestra de Velázquez aquel sitio era de los más oportuna para ejercer con cierta rentabilidad su muda demanda de monedas.

Ya se le había olvidado, aunque al salir con el catálogo en la bolsa se hubiera detenido un buen rato a contemplar el trozo de acera convertida en cuadro, antes de sentarse en el banco donde estaba, a la izquierda de la cerrada Puerta Real, probablemente la principal, que sólo se abrirá en ocasiones especiales, y casi enfrente de la gasolinera.

Si hubiera abierto el catálogo por «La fragua de Vulcano» se habría encontrado con que tiene poco en común con aquella donde, de chiquillo, tan mecánicamente como el artista mendicante sus tizas, manejaba el fuelle de un horno que no servía para forjar armaduras anacrónicas, sino alguna reja que otra, muebles de hierro soldado y chapuzas. Por supuesto el blanco jarro de loza sobre la repisa de la chimenea estaba sustituido por un tiznado botijo colgado de un gancho, y el espacio era reducidísimo. Sí había yunque, tenazas, martillos, hogar con campana, mazos, cortaderas...

Inopinadamente –algo tendría que ver la apolinaria, beleño o *hyoscyamus*– se halló, dentro de pocos años, encerrado en la soledad de un asilo porque ya no le era útil al hijo ni a la nuera al convertirse en viejo torpe, necesitado de cuidados, por el que la familia no estaba dispuesta a sacrificar lo más mínimo.

Todo le había venido a la mente dominada por la nostalgia. Y había sido a partir de ese otro momento que digo en el que sintió un incontenible estremecimiento al alzar casualmente el brazo por detrás de la cabeza y asir con la mano uno de los cuadrados barrotes de la verja, duro, anguloso, férreo, que le hizo transportarse a épocas pasadas... y futuras. Estoy seguro.

Un tal Vidal Champfleury

Premio «Antonio Machado», 1992

A PRIMERA vista Teobaldo Vidal era un hombre como cualquier otro; más bien un poco bajito y desaliñado, sobre todo cuando se quitaba el uniforme embutiéndose en su chaqueta de cheviot con dibujo de espiguilla, seguramente la única que tenía. Claro que no solía vestir de chaqueta, salvo domingos y festivos, funerales por el alma de algún compañero, o familiar de funcionario, y ocasiones parecidas. Pero, de verdad de verdad, Teobaldo Vidal se diferenciaba en mucho de la mayoría de los mortales.

—Vidal: ¿a qué hora sale el Talgo para San Sebastián?

—Vidal: ¿mañana es «día azul»?

—Vidal: ¿cuanto cuesta un billete de coche cama hasta Murcia?

Y Teobaldo Vidal, cachazudamente, sin prisas y sin vacilaciones, respondía puntual a la preguntita de turno. Ni siquiera tenía que mirar sus agendas, calendarios, guías, revistas e informaciones de todo tipo que acumulaba en el cajón de su mesa de Conserje, junto a la del Oficial segundo administrativo encargado de la recepción de solicitudes y control de los ficheros correspondientes, en el Negociado de Subvenciones para actividades deportivas no cualificadas, al que con frecuencia sustituía por ser individuo de tan quebrada salud como dominador de la técnica de darse de baja.

—Vidal: usted debería trabajar para la RENFE –le decía a veces el interrogador, satisfecho y hasta asombrado por la información proporcionada.

En realidad el satisfecho era Teobaldo que, sin presumir de nada abiertamente, tenía casi tan a gala su función de colaborador gratuito del Oficial segundo como el estar impuesto de cuanto se relacionara con los ferrocarriles: cambios de horario, innovaciones, tarifas... A la menor oportunidad que le diera te explicaba lo de la Tarjeta familiar, las reducciones para familias numerosas, lo que era una Tarjeta dorada, o una Tarjeta joven, y hasta los «charter» si venía el caso.

Pero Teobaldo Vidal sólo sacaba a relucir sus conocimientos cuando le preguntaban algo, y hay que reconocer que su trabajo de recepción de solicitudes y control de ficheros –nadie le exigía funciones de conserje– lo llevaba a cabo con tan escrupulosa minuciosidad como el que más, aunque, como distaba de ser atosigante, le sobraba tiempo para manejar sus papeles extralaborales, sus revistas especializadas –incluso en francés– y los folletos turísticos que solían abultar en los deformados amplios bolsillos de su atuendo conserjeril, azul brillante de roces y con más lamparones que los que fuera menester, con botones que no habían conocido el limpiametales, y un mugriento galón en cada bocamanga tirando a cuero viejo en vez de a oro, o quizás fuera a plata; eso no podía saberse bajo la suciedad.

En el fondo, Teobaldo –no en vano había nacido en Nimes–, era un aventurero que en vez de disfrutar rodeado de fusiles, sables, carabinas, rifles, flechas más o menos envenenadas y mazas de hotentotes, como hiciera en su día el Tartarín de Daudet, mientras leía los «Viajes del Capitán Cook» asido a su enorme pipa con tapadera de cobre, lo hacía coleccionando grabados, fotografías y dibujos de máquinas de tren, y organizando itinerarios por todos los países del mundo con una precisión envidiable conseguida a través del sabio manejo de su enorme archivo documental sobre el tema, actualizado por visitas las agencias y oficinas del ramo, donde prácticamente lo trataban como auténtico profesional y amigo tras tantos años de contactos, fumando deformes cigarrillos de picadura que él mismo liaba.

—¡Qué me va a preguntar a mí, señor Vidal! –le decía cualquier empleado de agencia–. Usted sabe de esto más que yo.

Y sabía. Sabía una barbaridad sobre viajes en ferrocarril. Porque, al contrario que Tartarín, sedentario hasta que le obligaron las circunstancias, Teobaldo Vidal ahorraba insistentemente de su sueldo para tres o cuatro salidas al año (Navidad, Semana Santa, verano y algún puente), siempre en tren, por supuesto.

En sus itinerarios, gran parte de Francia, Bélgica, Holanda, Italia, las entonces Repúblicas (Federal y Democrática) de Alemania, Austria, Bulgaria, Grecia... Había viajado incluso a la URSS, ya en los años sesenta, y para él no tenían secretos los caminos de hierro. Naturalmente le habría gustado conocer idiomas, aunque con el francés meridional de su infancia y la mejor voluntad se arreglaba.

—Vidal: ¿me podría conseguir tres billetes de primera para el expreso Málaga-Algeciras? Porque con esto de las vacaciones...

—Vidal: ¿a qué hora llega el electrotrén a Venta de Baños?

—Vidal: ¿es cierto que van a poner en circulación un intercity a...?

Teobaldo Vidal, hijo de gascona y albaceteño, concebido durante una vendimia al señuelo de la mercería de los futuros suegros, conservaba como reliquia una manoseada biografía de Daudet en la que aparecía subrayado cómo llegó a París «muerto de frío, en un vagón de tercera»

—Y fue capaz de hacer grandes cosas –le decía la madre, que admiraba a su ilustre paisano como a un dios del Olimpo–. A ver si te aplicas, hijo.

Pero el Teobaldín de entonces, que por su corta edad no entendía el subrayado, nunca fue capaz de aplicarse, aunque le quedara en el subconsciente lo del «vagón de tercera», que era su clase por falta de medios y sobra de espíritu económico, hasta que la suprimieron. De ahí que sólo tuviera una chaqueta.

Pronto el de Albacete enviudó, tras una tisis galopante de la esposa, y como nunca fue bien visto por los suegros, y a su vez veía improbable y lejana la herencia de la «Mercerie Champfleury», cogió al muchacho, que ya tenía seis años, y regresó a su provincia camino de Madrid, donde lo colocaron en una porteria a condición de casarse de nuevo. Fue hacia mil novecientos veintipoco. Teobaldo recordaba a su madre que le hablaba en francés y llevaba el «vase de nuit» oculto en una sombrerera cuando hacían algún viaje, por si el niño sentía urgencias de pis. Hasta que un día rodaron por el andén sombrerera y orinalillo ante el jolgorio de los circunstantes. Bien se acuerda Teobaldo de la peripecia, como del subrayado del vagón de tercera que lee de vez en cuando como homenaje a la madre que tanto le hizo echar en falta la antipática madrastra que le tocara en suerte. Menos mal que nunca tuvo hijos.

Sí, Teobaldo Vidal se diferenciaba en mucho de la mayoría de los mortales, y no sólo por llevar de segundo el apellido Champfleury (que no había cristiano ibérico capaz de pronunciar correctamente); ni por haber nacido con ocasión de una vendimia (lance más que frecuente); ni por saberse la historia próxima y remota de los ferrocarriles, amén de sus tarifas, sin tener antecedentes en el cuerpo; ni por ayudar desinteresadamente en lo de las «actividades deportivas no cualificadas», pese a ser subalterno (que ya es raro); ni por liar pitillos de picadura en esta época de los tabacos «light»; ni por haber sido capaz de aguantar quince trienios sin invitar a café a sus compañeros; ni por tener una sola chaqueta, de cheviot con dibujo de espiguilla; ni por los lamparones de su uniforme azul; ni por haber sufrido a su madrastra; ni por haber leído el «Tartarín» y tener la biografía de su autor con el subrayado del «vagón de tercera» que le hiciera su madre, la de la bacinilla.

Cualquiera de esas circunstancias, y mucho más sumadas, podía hacer a un hombre diferente. Pero sobre todo lo era por sus viajes. Esto no lo he dicho: Teobaldo Vidal –de segundo Champfleury– jamás se apeaba de un tren si no era para hacer un transbordo, o esperar un enlace, o coger el de vuelta. A él lo que le gustaba era viajar en tren. Las ciudades, los pueblos, y hasta el mismo paisaje mil veces cambiante, pleno de sugerencias, le tenían sin cuidado. Y no van a negarme que eso sí es especial.

—¿Conoce usted Colonia? –podía preguntarle una compañera de compartimiento para pegar la hebra.

—Sí, claro. Un importante nudo ferroviario. La estación a la que llegaremos está...

En fin, toda suerte de pelos y señales sobre dimensiones, arquitectura, dependencias, movimiento de trenes... También le explicaba a la señora que la basílica romana de San Gereón era de planta octogonal; que la Catedral, de mediados del siglo XIII, guarda los restos de los Reyes Magos y posee la sillería más valiosa de Alemania; que la ciudad quedó prácticamente destruida durante la segunda Guerra Mundial, y cuantos datos podía encontrar en las guías turísticas, que él repasaba durante los trayectos, cuando no tenía con quien charlar.

Estaba convencido de que la mejor forma de conocer un lugar es hablar con las gentes, y que nada como el tren para iniciar contactos personales, incluso amistades, aunque en la mayoría de las ocasiones fueran efímeras. Por eso lamentaba no saber más idiomas que añadir al precario francés de su infancia, que siguió cultivando por su cuenta con la lectura de algunas novelitas compradas en la Cuesta de Moyano y las publicaciones conseguidas en la Embajada del país de su nacimiento.

Le perdí la pista al tal Vidal hace bastante tiempo, cuando ocupé un puesto de trabajo en otro sitio. Suponía que se habría jubilado, por edad, dejando una laguna en su oficina; y no en el Negociado de Subvenciones para actividades deportivas, que seguiría funcionando normalmente, sino en el ánimo de sus compañeros y jefes, que no tendrían a quien preguntar por el Talgo de San Sebastián, por los «días azules», el precio del coche cama hasta Murcia, o el electrotrén a Venta de Baños. ¡Vaya si echarían de menos al singular conserje!

Y es hora, este verano, cuando me he vuelto a acordar de todas esas cosas del bueno de Teobaldo. En el pueblo donde veraneo han inaugurado una especie de trenecito sobre ruedas neumáticas, para que los niños puedan pasearse en sus tres vagones con toldilla a lo largo de la carretera de la costa. Está bien, porque hasta aquí no llega ningún ferrocarril, y a los chiquillos les ilusiona especialmente hacer viajes en tren. Tiene hasta una locomotora que echa humo, y no es más que un tractor disfrazado, con su gran chimenea y bielas que se mueven al compás de la marcha. Un curioso artilugio. Lo había visto circular varias veces con su carga infantil, y no infantil, pues también montaban las personas mayores distrayendo sus ocios. Pero hoy, precisamente hoy, me fijé en la bruñida placa del costado, que reza «CHAMPFLEURY», e, inmediatamente, en el rostro feliz del maquinista. ¡Era Vidal! Teobaldo Vidal, Champfleury de segundo apellido, vistiendo el uniforme de conserje, lleno de lamparones, como siempre. Y Vidal, que me reconoció, detuvo su tren para decirme:

—Cómo le va, don Juan. Cuánto tiempo sin verle. Le invito a un recorrido, ¿hace?

Probablemente había logrado el sueño de su vida.

El preterido

Premio «Sara Navarro», 1984

PODÍA ser de las cervicales, pero lo cierto es que a Serafín lo encontraba Mari Luz malhumorado desde hacía varios días, incluso inquieto e insonme, cuando siempre había dormido de un tirón y era más bien tranquilo y aplomado. ¿Tienes molestias?, le dijo. Pero no, no era eso. Te encuentro inapetente y triste, ¿qué te pasa?

¿Que qué le pasaba? ¡Pues que le había tocado la china!

Efectivamente Serafín estaba pasando una mala racha. ¡Con la de años que le había costado ser alguien administrativamente! Un técnico. Serafín era del Cuerpo Técnico de no sé qué, y tampoco sé por qué milagro o conducto. Pero lo era, quería a Mari Luz, de la que hablaba a la menor oportunidad; quería a sus hijos, que le habían salido aprovechados. Tendrían que luchar menos que él porque habían dispuesto de mejores medios gracias a su esfuerzo.

—Deberías contarme algo, Sera; al menos te serviría de desahogo.

—Ya sabes. Es lo de la reestructuración. Me temo que no van a dejar títere con cabeza.

—Pero a ti... Seguro, Sera, que a ti no te tocan. Con lo que vales no es posible que...

—Tú no sabes de lo que son capaces.

Al borde de los cincuenta y cuatro años, Serafín no había hecho otra cosa que trabajar. Eso sí, con poco fuste, con pocas luces; pero también es cierto que con muchos deseos de superarse, aunque siguiera siendo técnico de nada. Lástima, porque los hijos, dos, estaban a punto de terminar sus estudios: Licenciado en Derecho, opositor, uno; el otro Ingeniero de Telecomunicación dentro de poco.

—Lo que no tienes es que amargarte la vida, Sera. Lo que sea sonará y ya verás como salimos adelante. A Serafín le dolía la cabeza de tanto cavilar buscando una solución inexistente. Él habría querido saberlo todo; ser imprescindible; que no pudieran relegarlo a una posición inferior, con la consiguiente reducción de ingresos. Pero no parecía posible. Procuró contemporizar con los nuevos cerebros directivos, tragarse la inquina tras una sonrisa conejil que parecía ensayada y sin embargo era natural; la misma que antes sacaba al ordenar a sus subordinados, al rechazarles un escrito por cualquier tontería o al interrogarles sobre algo que tampoco él sabía, fuera o no asunto administrativo. Era su sonrisa, que servía para todo.

Por supuesto cuando lo cambiaron de despacho a causa del corrimiento de jefes –algunos de reciente incorporación–, no le dijo ni una palabra a Mari Luz. Él pensaba recuperar posiciones. Así que el día que su mujer le preguntó que si tenía molestias en las cervicales, llevaba tres semanas disimulando como el pobre Salavin, aunque ignorara quien era el desventurado personaje de Duhamel. Pero a una mujer con cama de matrimonio y un cuarto de siglo de convivencia no se la puede engañar por mucho tiempo.

¡Si hubiera conseguido hacer carrera política como otros en sus circunstancias y con sus oportunidades, incluso con menos méritos! Pues tampoco le habría servido, aunque él pensara otra cosa. Ejemplos por docenas, por centenares, salvo superdotados camaleónicos.

El problema era de renovación de cuadros. A lo mejor habría sido más triste su caso, y, además, él nunca se consideró inferior a nadie, sino todo lo contrario. Esos individuos abundan.

Abandonar su despacho –amplio, con aire acondicionado, teléfono directo, moqueta, sillones de cuero– fue una verdadera tragedia a la que se enfrentó revestido de una aparente dignidad, cortina de humo para disfrazar su orgullo ultrajado, porque comprendía cautamente que no era momento adecuado para manifestarse de otra forma. «Estoy seguro de que mi sucesor no llevará esto como yo». Habría que analizar qué era ese «esto», pues Serafín apenas llegó a la cota de jefe intermedio, que es algo así como el que manda hacer lo que le han encargado que haga y, esporádicamente, en el mejor de los supuestos aporta una vaga idea.

Ya no tenía timbre para llamar a la secretaria, porque tampoco tenía secretaria, y le faltó un tris para pasar a la situación de funcionario de a pie, aunque por fortuna sólo le descendieron un par de peldaños; lo justo para ser lo mismo en la escala de mandos –sin nadie a quién mandar–. Por lo menos le obsequiaron con buenas palabras que le permitían alimentar una leve esperanza de rehabilitación en la que aunque deseaba creer no creía.

—Es una medida provisional hasta que se reajuste la plantilla.

Tuvieron la atención, o tal vez fue logro de su último servil brujuleo, de no supeditarlo a quienes estuvieron bajo su férula. Algo es algo.

Estaba en una mala edad. Ni podía esperar pacientemente la jubilación; ni ponerse de nuevo a terminar su carrera de veterinaria, abandonada veinte años atrás, ni tirar por la borda sus trienios buscándose un empleo que no encontraría fácilmente. Quizás asociarse con su cuñado en el negocio de la construcción; pero para eso, por modesto que fuera el negocio, que lo era, necesitaba capital.

—¿Ya sabes lo de Serafín?

—Era de esperar. Y me alegro, porque a mala pata no le gana nadie.

—Hombre, pero el pobre...

—¡Qué pobre, ni que ocho cuartos! ¡Pues no lleva tiempo viviendo del cuento, y además sin la menor consideración para los demás!

—Bueno, pero una cosa así...

—Que aprenda, aunque sea tarde.

—Mira que llamarse Serafín con la mala uva que se gasta.

—Yo no me alegro, porque cuando el lobo enseña las orejas, malo; pero tampoco lo siento.

Nadie le preguntó directamente. Nadie se solidarizó con él, y muchos se vieron aliviados al no tener que acudir a sus requerimientos, soportar sus impertinencias y hacerle hipócritas concesiones amistosas, que es lo todos hacen con quien está por encima.

Para Mari Luz sigue siendo un hombre extraordinario, «ya verás como salimos adelante», mientras piensa: Sera podía haber llegado muy alto. Es inteligente, buen padre, me quiere, nunca tuvo asuntos de faldas.

Sí, pero eso en su casa. Mari Luz sólo conoce al marido en zapatillas, y además es lo bastante vulgar como para admirarle. No necesita más porque ella es una buena mujer, y basta. A veces por ahí llega la felicidad.

—Lo malo ha sido esta reestructuración imprevisible –intenta justificarse Serafín.

— Nos arreglaremos, Sera. Siempre nos hemos arreglado de una forma u otra.

Contemplo el panorama desde lejos. Por cierto que he estado leyendo las historietas crítico-satíricas que un tal D. Antonio Neira de Mosquera escribió para su libro «Las Ferias de Madrid», publicado en 1845, y recuerdo el caso del funcionario olvidado, al ser descendido de categoría y humos, ya que había sido un tipo intransigente que no dejaba vivir a nadie cuando tenía su puesto importante con mando sobre numerosas personas de las que nunca se hizo apreciar, precisamente por su talante despótico.

No es que sea un fiel reflejo, pero se puede establecer un cierto paralelismo en situaciones distanciadas siglo y medio de historia.

Serafín, solitario ocupante de una mesa, en nave colectiva que es un poco reducto, destierro, mejor, de los que no tiene cometido específico, empequeñece día a día; se consume entre la indiferencia de quienes estuvieron bajo sus órdenes. Y no es exagerada ni metafórica la expresión, porque efectivamente se le ve disminuir de tamaño, de peso. Él nunca tuvo eso que se dice una gran humanidad, ni siquiera mediana prestancia física, pero lo de ahora, a ojos vista, es un acelerado proceso de consunción que Mari Luz no consigue atajar ni a fuerza de ponches, flanes y toda su habilidad –que es mucha– puesta al servicio de prepararle sabrosos platos de cocina.

Parece como si cada vez se notara menos su presencia en la oficina. Claro que al estar recluido en un rincón, sin trato laboral con superiores o inferiores, resulta natural que le vayan olvidando. Pero es que incluso los que comparten su habitáculo van espaciando saludos y comentarios al hombre refugiado en el periódico, al que le da infinidad de vueltas y lecturas. Podría tenerse la impresión de que las hojas del periódico han aumentado su tamaño, aunque es él el que ha disminuido de volumen hasta quedar perdido, oculto tras las páginas sostenidas por unas manecitas que parecerían de niño si no fueran tan huesudas.

Ya no sale a la hora del desayuno con los compañeros y acólitos que solía; en parte porque no lo buscan, y en parte porque el propio Serafín rehuye el violento momento de charla adornada de «chinos» y máquinas tragaperras.

El proceso continúa durante meses, hasta que nuestro personaje queda reducido a un montoncito insignificante, a una mancha, sin que los demás se percaten del caso. Una mañana alguien coge su silla para llevarla a otra parte y el montoncito cae al suelo confundiéndose con el resto del polvo que, con algo de suerte, barrerán las señoras de la limpieza.

Esto no ha sucedido aún, pero Mari Luz empieza a preocuparse seriamente. Mucho más que de las cervicales.

El silbo

Premio «Decano Pedrol», 1993

SUS grandes manos, anchísimas y cortas, con dedos como tacos terminados en gruesas uñas, caparazones grises, descansan en las perneras de los pantalones. Son manos agrietadas, toscas, encallecidas, que no han perdido –ni van a perder nunca– la constancia de haberse forjado en el astil, en la hoz, en la poda o en el terrón reseco de campos vallados de horizontes, y capaces con torpe mimo de acariciar pámpanos, el cuello de las bestias o la fragilidad del cuerpo de los nietos. Están demasiado quietas, como muertas de no tener quehacer, y cuando se las mira con sus ojillos diminutos, enviserados de espesas cejas aprestadas desde generaciones para protegerlos de la solanera, parecen pedir disculpa por la forzada inactividad.

El hombre va aseado, vestido de chaqueta por cuyas bocamangas no asoma la camisa, sino las robustas muñecas pobladas de abundante vello negro antrecano que se prolonga sin solución de continuidad hasta las últimas falanges.

No se diferencia de los demás, de los otros hombres sentados junto a él, o en los bancos próximos, al claroscuro que conforman en el encementado suelo, en el césped capitalino, en los parterres, las hojas temblorosas de altos álamos que clavan sus raíces en lo hondo. Todos llevan chaquetas arrugadas, a juego con sus rostros curtidos que exhiben la maraña de surcos que han grabado vientos, soles y escarchas de aire libre durante tantos años; calzan zapatos, botas, zapatillas..., y suelen apoyarse en cayados; los usan al menos por costumbre, para seguridad, quién sabe si acaso tan sólo por asir alguna cosa.

Me fijo en esas manos –idénticas a las de sus compañeros– porque el hombre, en vez de boina o sombrero de fieltro resudado, se cubre con una gorra inglesa de impecable factura. Pero podía haber mirado otras, en lento movimiento, golpeando el suelo con la cachava, llevándose un cigarro a los labios, gesticulando parsimoniosamente al compás de la premiosa conversación, salpicada de largos silencios, sobre el tiempo que puede hacer mañana, algún recuerdo común, sobre...

En realidad constituyen un grupo (¿por qué no habrá venido fulanito?) que se cita de jardín en jardín, de parque en parque, aunque sea lejos de sus domicilios.

El de la gorra ya explicó en su día que era de «Ingalaterra». Se la regaló, muy poco usada, la señora viuda que vive en el quinto de la casa donde su yerno trabaja de portero.

—Ya ves tú, trabajar... Ese no conoce lo que es trabajar.

—Son otros tiempos, ¿sabes?

—Y otra forma de vida.

—Y otra ciudad.

—Es distinto.

—Claro que lo sé, pero me acuerdo mucho del pueblo.

—Como cada cual.

—Mientras duró mi Eugenia aguantaba mejor.

—Y yo también, amigo.

—Eso nos pasa a todos.

—¡Qué remedio!

Constituyen un grupo –más silencio que voz, más añoranzas que proyectos; mejor, sólo añoranzas–.

Los jardineros han esparcido abono natural. Un profundo olor acre domina en el ambiente sobre el normal de humos y cemento.

—Floja basura, ¿eh?

—Floja.

—Puede que no sea tan floja –tercia otro–.

Es suficiente para llenar la tarde, como lo es el perfume a hierba cortada cuando pasan la segadora, y el de la tierra mojada que cala tras el riego y deja un regusto aproximado al aroma del prado después de la llovizna.

Las palomas revolotean, escarban entre el césped en busca de lo apetecible. Palomas a decenas que picotean alegremente los excrementos fermentados.

El hombre alza los ojos de las manos para seguir el planeo de las palomas, su caminar nervioso en busca de alimento, el múltiple driblar entretejido de la masa de aves bullente sobre el verde recién estercolado donde encuentran lo apetecido. Recuerda las zuritas, y las torcaces, que anidan en los árboles. Sus pupilas se entristecen todavía más si cabe, en vez de ilusionársele, porque se ve en el campo con los perros; se ve, de chiquillo, colocando trampas, limpiando cochiqueras, recogiendo huevos de gallina puestos en cualquier sitio y llevando a abrevar los caballos al pilón berroqueño, detrás de los establos; se ve de muchacho ya formado, cuando rondaba en fiestas a la Eugenia, casi moza de merecer a los quince años. Los bailes, y la boda, espléndidamente celebrada, al terminar el servicio militar.

Ella aportó dos viñas próximas a las suyas de hijo único, y luego amo que contrataba jornaleros para la vendimia y para la recogida de los cereales, hasta la aparición de los tractores y las segadoras de la Cooperativa. Todavía eran buenos tiempos.

Él bebió los vientos siempre por la Eugenia, de bellas facciones y caderas prometedoras, y su hija –una hija sólo y tres críos malogrados, pese a las caderas– los bebió por el yerno ese que no es ni portero, sino «no sé qué de fincas urbanas».

Se quedaron solos durante mucho tiempo mientras, de tarde en tarde, oía hablar de la reforma agraria, de los precios en baja y del futuro del Mercado Común. Galimatías. Lo cierto es que le fueron mal las cosas. La hija –¡si hubiese sido hijo!– les apremió a vender y venirse con ella a la ciudad, donde podían vivir tan ricamente, porque estaban gastados –les decía– y era muy duro el campo. Hablaba por boca del marido, del yerno, del portero, «ah, sí, empleado de fincas urbanas. ¡Vaya título! ¡Vaya una profesión cuando la tierra reclamaba brazos!»

No lo vendieron todo, por supuesto; sí las viñas que trajo la mujer y nunca consideró suyas, como un traspaso de poderes reservado a la hija, las propias y diez hectáreas largas de lo más mollar para los trigos que, por las noches, le llenan la cabeza cimbreándose al soplo de una brisa lejana y saludable, dejándole pastoso mal sabor por la mañana y desazón que le duraba mucho.

Allí sigue la casa, y la pequeña huerta antes regada con el agua de una noria (ellos dicen aceña), completamente en ruinas según cartas de unos primos que pretenden comprar lo poco que les queda. Pues no faltaba más. Ni un tormo, ni una piedra mientras le quede aliento. ¿Dónde volvería él cuando quisiera? Aquellas berenjenas, tomates y pepinos no se podían comer en ningún sitio; menos en la ciudad...

—Oye, que estás asimismado –le interrumpe el compañero del banco, sentado a su derecha.

—¿Sí? ¿Qué dices?

—Digo que si nos vamos. Ya va cayendo el sol.

—Bueno, como quieras.

—¿Mañana, dónde? –interroga otro.

También se levantan los de los bancos próximos, como si hubieran dado la señal del regreso.

—Pues mañana...

Constituyen un grupo, cinco o seis, unidos por el vínculo del desarraigo a partir de la cola de la Caja de Ahorros donde mensualmente cobran la «vejez». A veces hablan del «subsidio», de los empleos de sus hijos, de sus pueblos de origen, de los que están mucho peor, metidos en asilos, inválidos... De esto último menos, aunque lo rumien en sus entresijos como un peligro latente, conscientes de su indefensión.

Recorren los lugares donde siegan o abonan: Fuente del Berro, Parque del Oeste, Plaza de Oriente, Parque de la Elipa, Jardines Sabatini, Casa de Campo... Lo hacen para sentirse más cerca del pasado, para respirar el olor sedante del estiércol, de la hierba cortada. Se enteran por los jardineros dónde va a haber faena, para así preparar el calendario de citas hacia lo que pueda aherrojarles a un mundo abandonado que está siempre presente en sus entrañas, donde anida callada la improbable esperanza del regreso como dulce fantasma inaprehensible que alienta levemente sus decaídos ánimos duchos en frustraciones.

Hoy están en la Plaza de España. Las palomas –igualitas, de serie– escarban porque nunca cae nada del garbillo de Aldonza Lorenzo, tallada en alto para hacer compañía a D. Quijote, a Sancho y a Cervantes, que preside el conjunto sentado en casi trono tan pétreo como él.

Es un garbillo falso el que le han puesto a Aldonza, como lo son las vidas del hombre de la gorra inglesa de impecable factura y sus amigos de grandes manos, anchísimas y cortas, huérfanas de la azada, de la hoz y el arado, huérfanas de la tierra de una forma forzada, más o menos.

—Pues, mañana...

Lo importante es que llegue mañana para todos los que sienten el silbo.

3

«Polonio.–...¿qué estáis leyendo, señor?
Hamlet.–Palabras, palabras, palabras».

«Hamlet». Acto II, esc. I

La razón de la sinrazón que a mi razón
se hace, de tal manera mi razón enflaquece,
que con razón me quejo de la vuestra fermosura.

«Don Quijote». Cap. I

La llamarada

PERDONA que te enmiende la plana, pero tú no dijiste llamarada, sino, «llamará», y a mí me dio un poco de vergüenza –un mucho– incrementando la que ya sentía por viajar en aquel tercerola, provisto de asientos forrados, en sustitución de la madera tradicional, monda y lironda. Un vagón metálico, de los nuevos de entonces. El último avance de hace muchos años, superado con creces actualmente.

Tú y yo, y Daniel que fue el único que aprobó de los tres, habíamos subido al Correo de Cartagena, camino de Madrid, para aquellas oposiciones que nunca llegamos a aprobar. Sólo Daniel, digo, que se pasó las largas horas del viaje inmerso en la Historia Universal de Pérez Bustamante, porque la parte de letras era su talón de Aquiles, mientras las matemáticas –apenas aritmética y nociones de álgebra– se las sabía al dedillo; las dominaba, más que por listeza natural, por su metódico empeño analítico y capacidad de concentración, propios de mentalidades pragmáticas. Recuerdo que, reloj en mano, contaba los golpes de las ruedas sobre las juntas de los raíles, y, en un periquete, calculaba: «vamos a sesenta por hora»... o a lo que fuera, pues la operación la hacía de vez en cuando, y ese «a tantos por hora» despertaba la admiración de las personas que ocupaban el departamento; especialmente del curita que cabeceaba ante su breviario, vestido de sotana y con teja bailoteando en la repisa portamaletas, siempre a punto de caerse aunque no se cayera. Y yo, sin proponérmelo, observando cómo el curita, que no era tal, sino cura viejo, se ajustabas las gafas, aun sin necesitarlo, con el índice de la mano izquierda, y se asombraba de los rápidos cálculos de Daniel, mientras pensaba –yo– que si en el examen que nos aguardaba hubiera entrado el latín, seguro que Daniel le habría comprometido para dar un repaso a los «Comentarii de bello Gallico», o a cualquier otro texto, mientras yo me limitaba a observar, y tú a comerte aquellos enormes bocadillos, y, de madrugada, las tortas de Alcazar, ¿o no era de madrugada?

El asombro del cura lo compartían dos soldados que no dejaban de hacer cosas para llamar la atención de una muchacha pueblerina y modosa, hasta que terminó desplomándose de sueño sobre el mullido hombro de su madre que, poco después, sacó de una cesta de mimbre la redonda tortilla de patatas y los filetes empanados –«¿ustedes gustan?»– que, con cuchillo y dedos, engulló parsimoniosamente –«gracias, que aproveche»– entre miradas de envidioso reojo de soldados, cura y tú, mientras la hija, que no era nada fea, también comía tortilla y algún trozo de carne, pero adornándose con ciertos mohines coquetuelos y sin abrir demasiado la boca al masticar, ni las piernas, que procuraba tapar tirándose de la falda por debajo de las rodillas. A Daniel no le preocupaba más que su Pérez Bustamante; seguro que se sabía mejor la geografía. Y yo aproveché la ocasión para salir al pasillo y darme un garbeo por el coche de primera, inmediato al nuestro, donde había visto instalarse a la muchacha rubia, ataviada con pantalón y suéter. Una novedad en aquellos días.

No sé por qué me acuerdo de esto ahora, o acaso sí, a pesar de que no me va a servir para preparar el guión del discursito que he de pronunciar mañana tarde.

Es el tren el que me ha traído a la memoria aquella noche del Correo. Porque, en realidad, aunque fuimos amigos en la infancia, y hasta en la juventud, pronto nos separamos y no volvimos a tener relación, salvo algún esporádico encuentro veraniego. Tú te quedaste en el pueblo, haciendo prosperar de forma incontenible la ferretería de tu padre. Daniel ingresó en Telégrafos, y está de jefe por Galicia esperando su jubilación de probo funcionario, aunque le falte bastante para llegar a los sesenta y cinco. Y yo..., pues ya ves. Me han encargado que pronuncie el discurso, porque me abrí camino en el periodismo, y por lo menos entre nuestros paisanos he conseguido cierta notoriedad, favor que me hacen. ¿A quién le iban a endosar el encarguito si no?

De la ferretería pasaste al negocio de aparatos sanitarios... y al de la construcción, hasta amasar una buena fortuna, mientras seguías con tu afición al fútbol. Jugabas de interior derecha. Luego presidente del club, y alcalde... Es público y notorio el dinero que te costó el equipo hasta conseguir ascenderlo a Tercera División, y mucho más después, con fichajes que pagabas de tu propio peculio.

Cuando salí al pasillo de aquel tren (tan distinto al Talgo en el que viajo para atender la invitación que me han hecho), intentando localizar a la muchacha rubia, no tenía ni la más elemental idea de lo que iba a suceder.

El vagón de primera, con piso enmoquetado, muelles asientos y hasta pañitos blancos, que parecían bordados, para apoyar la cabeza, sí que era elegante y confortable. ¿En qué departamento estaría acomodada la chica de los pantalones?

Habría sido una incógnita fácil de despejar en este tren de hoy: Con un recorrido atento a lo largo de los coches, te enteras de quién y con quién viaja cada cual. En aquel tenías que imaginarlo, averiguarlo, estar a la expectativa... Nadie podía saber que en nuestro departamento de tercera se comían filetes empanados y tortilla, aunque lo supusiera todo el mundo por ser uso y costumbre. Igualmente parecía tópico lo del cura de sotana y teja. Pero no era tan tópico como típico. Se podía acertar sin gran esfuerzo, así como que los soldados terminarían pegando la hebra con la modosa muchacha pueblerina. Eso sí, frenados por el traje talar y por la madre que no les perdía ojo.

En el Talgo también se puede hablar, pero es más complicado que en los trenes convencionales porque delante de tu asiento reclinable sólo hay dos respaldos. Está el coche-cafetería; está la plataforma entre vagones; puedes charlar con el de tu derecha o los de tu izquierda, o al revés, con el de tu izquierda y los de tu derecha, hasta que aparece el oficioso alquilador de los auriculares para ver la película. No es lo mismo. Fíjate que aparentemente hay menos intimidad, y en realidad se está más aislado si se quiere.

Me situé frente a una ventanilla a ver pasar la noche. De vez en cuando alguna lucecita a lo lejos; y las estrellas, claro. ¿Dónde estaría la chica de los pantalones?

Demasiado sabía yo que no iba a aprobar, porque lo del telégrafo me importaba un rábano. Lo que a mí me atraía era el teatro, y ya tenía planeado ir a ver «El sueño de una noche de verano», en la cartelera del Español, aunque en aquel momento frente a la ventanilla, lo que habría querido saber es dónde estaba la rubia del suéter y los pantalones.

No lo olvidaré nunca. Siempre te he agradecido –aun sin decírtelo– el que aparecieras junto a mí, con tu enésimo bocadillo, y bajaras el cristal. Entonces, tú, haciendo caso omiso de lo que tan insistentemente rezaron durante años las clásicas plaquitas de porcelana blanca («es peligroso asomarse al exterior»), y a riesgo de que entrara alguna mota de carbonilla, sacaste la cabeza. Segundos después gritabas: »¡La órdiga...Qué llamará!«

Habías mirado hacia delante, y, como el convoy describiera una cerrada curva, te asombró la llamarada que salía de la máquina –a lo mejor no más de un chisporroteo por la chimenea–. Pero tan estentórea exclamación debió de oírse en medio tren, porque al momento se descorrió la entreabierta portezuela del departamento frente al que estábamos, y apareció Clarisa para ver qué ocurría.

A mí me dio un poco de vergüenza –un mucho– que me encontrara contigo, todavía entusiasmado por la contemplación del fuego de la locomotora en la noche cerrada.

Era Clarisa, entonces casi niña, la que produjo en mí la llamarada que dura todavía, después de veinte años de casados. Gracias a ti que diste un grito.

Por supuesto no es cosa de contar en público estos recuerdos. Tú te fuiste a nuestro vagón, no se si en busca de otro bocadillo, o a echar una cabezadita, mientras Daniel le daba al Pérez Bustamante y los sorches charlaban con la muchacha entre tragos de vino de una bota aparecida para acompañar la tortilla, aceptada a la segunda, ya que no a la primera protocolaria invitación.

Clarisa y yo nos quedamos solos junto a la ventanilla, tapia de oscuridades. Desde entonces hemos estado en compañía. Todo gracias a un grito primitivo, y a dos llamaradas: la que te hizo proclamar en voz alta tu impresión, y la que prendió en mí la chica rubia de los pantalones.

Noto una mano suave que se posa en la mía sobre el brazo de la butaca.

—¿Has pensado lo que vas a decir?

—Pues... la verdad, no. Es un compromiso...

—Que te encanta. ¿A que sí? Siempre estás deseando tener una excusa para ir a tu pueblo.

—Sí, pero, ¿de qué les puedo hablar a los aficionados que asistan a la inauguración del campo de fútbol. Yo de eso, ni una palabra.

—Habla de tus vivencias infantiles, de la generosidad de tu amigo, de lo que quieras...

—No dejará de ser una necrológica. Podían haberle organizado el homenaje en vida. Al fin y al cabo sin él no habrían tenido equipo decente, ni campo vallado, ni nada.

—Cierto. Pero hay que morirse para que lo reconozcan públicamente.

Suena el carillón, y en varios idiomas anuncian la próxima parada.

—La nuestra –le digo.

Clarisa comenta como si hablara consigo misma:

—Mira que ponerle «Estadio Chocolate»...

—Era su apodo de jugador. Ya sabes que se llamaba Matías López; igual que una fábrica de chocolates tan antigua que ni si quiera hemos llegado a conocer.

—Para mí siempre ha sido el del grito en el tren –me dice.

En el fondo, mientras nos preparamos para bajar, está pensando –la conozco– que habría sido gracioso bautizarlo «Campo del Llamarada», o algo por el estilo.

El año de los lobos

—ME parece raro. Algún gato montés... y zorras; zorras todavía hay bastantes, pero de eso a...

—Que te digo que sí, que lo he oído por la radio.

—¡Tantas cosas dicen!

—De todas formas merecería la pena organizar una batida. Los Morrones están cubiertos de nieve, y seguro que Prao Mayor hasta los topes. Siempre vendríamos con algo.

La tertulia estaba concurrida aquella mañana de enero. Allí se reunían los cazadores, en una especie de almacén puerta por medio con la fragua de Lucas, que también era viejo cazador, como lo había sido su padre, su abuelo y toda su parentela. Pero no se reunían en la fragua, sino en el almacén, donde tenía instalada su carpintería Paco que, sin pronunciar una sola palabra, escuchaba la conversación mientras daba pasadas y pasadas con la garlopa al bastidor de una ventana.

Paco y Lucas habían sido los dos grandes rivales en el asunto de la caza, y en todos, pues la rivalidad se prolongaba a las cuestiones más dispares, precisamente porque nunca había quedado claro cual de los dos era más experto, quien tenía mejor puntería y era mejor dominador de los secretos sobre el cuando, dónde y cómo se podía cobrar una buena pieza. Habían sido los dos grandes y respetados rivales, y seguían siéndolo, aunque ahora sólo a través del recuerdo; y hay que advertir que a pesar de esa especie de pugilato mantenido a lo largo de sus existencias eran entrañables amigos.

Paco, en los tiempos difíciles arreglaba las culatas de las escopetas. Siempre había tenido varias. Eran escopetas vulgares y corrientes del calibre doce o del dieciseis. Escopetas con las que salía al conejo, al ojeo de la perdiz, a hacer puestos de alba y alguna que otra vez bajaba hasta el seco río Guadalentín, «Célebre por sus tremendas inundaciones», había leído en un libro de texto de cierto sobrinillo, dando lugar la tal expresión al jolgorio general, porque era notoria la sequedad de aquel cauce con apenas unas cuantas charcas bordeadas de juncos y cañaverales que no lograban empinarse demasiado, donde, eso sí, anidaba buena cantidad de «pollas de agua» y alguna que otra garza, codiciadas éstas por los aficionados que solían llevárselas al tío Benito, el taxidermista, para que terminaran sobre una peana encima del armario del comedor.

Pero de eso hacía ya muchos años; más de los que quisiera contar el carpintero, que andaba torpe por el reuma, decía excusándose, pero en verdad era porque el calendario no pasa en balde, ni perdona.

—¿De qué se habla?

Un nuevo contertulio había llegado. Paco, sin dejar de darle a la garlopa, lo miró un segundo con el rabillo del ojo bueno. El otro era de cristal, afortunadamente el izquierdo, por cierto que le lagrimeaba de continuo, por lo que tenía que enjugárselo con toques de pañuelo arrugado y sucio siempre.

Paco tampoco dijo nada. Seguro que si Andrés, al entrar, hubiera dicho «buenos días», Paco el carpintero le habría contestado «adiós», mecánicamente, porque él lo que estaba haciendo no era desbastar los maderos, sino rumiar algo por dentro. Así que, a pesar de todo, le habría contestado «adiós». Jamás nadie le había dado los buenos días sin que respondiera lo mismo.

—Mirad: lo dice «La Verdad»

Efectivamente, el periódico traía un pequeño suelto con título a dos columnas: «¿Lobos en Sierra Espuña?». Luego explicaba que unos pastores habían escuchado aullidos por la noche, mientras el rebaño recogido en el aprisco se revolvía inquieto. Alguno había llegado a más. Decía haber visto relampaguear como ascuas los ojos de media docena de lobos clavados en la negrura de la Sierra, por allá, por donde están los restos de los pozos de la nieve, que tienen el aspecto de extraña necrópolis o de poblado celta, según los gustos del observador.

Aquella mañana ya no se habló de tórtolas, ni de patos salvajes, ni de codornices, ni de palomas torcaces, ni siquiera de raposas, que bien poca cosa era esa, pero sí lo único relativamente abundante para que los aficionados pudieran pegar cuatro tiros de vez en cuando.

—Los tiempos han cambiado radicalmente –solía comentar alguien.

— Claro que sí. Por falta de respeto y de moral. Por falta de conciencia. Ya no hay freno. ¡Cada uno a lo suyo! Y a fuerza de no respetar vedas se están quedando los montes en cuadro, sin remedio.

—Ni que lo digas.

— Además, ahora cualquier desalmado agarra una escopeta, y ¡hala! Ya es un cazador. Un desaprensivo, diría yo, por no decir otra cosa más gorda, capaz de tirarle a una liebre encamada y quedarse tan fresco.

—Que los hay.

—¡Mira si los hay!

Tampoco aquella mañana se entablaron discusiones sobre el tamaño y número de las piezas cobradas por algunos en tal o cual ocasión. Aunque a decir verdad allí había pocas discusiones; como si se hubiera sellado un mudo pacto en virtud del cual, salvo casos excepcionales, cada amigo estaba dispuesto a aceptar las versiones de los demás a cambio de que igualmente aceptaran las suyas.

Aquella mañana, lo escuchado por la radio «E A J-17» y la nota de «La Verdad» dieron pie para que Lucas el herrero, en una de sus múltiples idas y venidas desde el yunque a la carpintería para ver como iban las cosas y no perder ripio (Lucas tenía fama de fantasioso, aunque nadie se atrevía a negar sus hazañas de caza, en honor a su reconocida puntería y a su fuerza y mal genio), contara ante el boquiabierto auditorio la singular historia de un trampero armenio que vivía alejado de la civilización en las montañas de Ararat, sin más compañía que la de un colosal lobo.

Lo del Ararat y lo de Armenia no le decía nada a los concurrentes a la carpintería, pero escucharon embobados a Lucas mientras contaba que el lobo era tan doméstico y cariñoso como cualquier perdiguero, porque el trampero lo recogió siendo un cachorrillo y lo crió con todo mimo. El lobezno creció y creció; perdió su pelaje listado para adquirir el blanquecino caracteristico de los lobos de montaña, y al cabo de cuatro o cinco años era ya un enorme ejemplar de casi un metro de alzada, que seguía comiendo apaciblemente en la mano de Howard (así se llamaba el trampero).

La historia del lobo era bonita. Vivía con el hombre, y una vez le salvó al quedar sin conocimiento bajo un alud de nieve. El lobo arrastró a su amigo y amo hasta liberarle de lo que podía haber sido su tumba. Y el final era más sorprendente, pues el trampero enfermó de fiebres malignas teniendo que permanecer postrado, en su cabaña, durante varios días. Entonces el lobo decidió bajar al poblado más próximo para dejarse ver y atraer a sus perseguidores hasta la choza. De esta forma logró que encontraran y cuidaran a Howard, pero el pobre animal, pensando que los hombres comprenderían su amistad con el trampero, se acerco tanto que, en la misma puerta, casi a los pies del camastro donde se debatía su amigo, recibió cuatro o cinco disparos que acabaron con él dejando la sorpresa en sus ojos.

Creo que Paco, el viejo carpintero tuerto, fue el único que no lo escuchó; y eso que jamás dejaba de hacerlo para intentar sorprenderle en la mentira gorda que esperaba siempre para empezar la discusión, si no violenta, acalorada. Él seguía con su garlopa y sus ventanas, mientras acariciaba la gran idea que había tenido.

Al terminar el trabajo ni siquiera se entretuvo en la taberna para tomar el par de chatos de vino de todos los días. Marchó derecho hacia su casa, y hasta se encontraba más ágil que nunca.

—Llegas más temprano que de costumbre, ¿te ocurre algo? –le dijo la mujer.

—¿Qué va a ocurrirme? Nada.

Inmediatamente sacó sus escopetas y se ocupó de repasarlas cuidadosamente. Las engrasó, limpió sus ánimas, seleccionó los cartuchos...

—Paco: ¿Qué haces con las escopetas?

—Limpiarlas, mujer. ¿No lo ves?

—Sí, pero...

—No hay pero que valga. Me han avisado de la hacienda de Las Labores para que suba a arregalarles unas puertas; así que mañana por la mañana me voy con el camión de los carboneros y se me ha ocurrido que podría llevarme la escopeta por si sale algo.

—Pero, Paco: ¡Si hace mil años que no vas de caza!

—Cuatro, mujer

—¡Y qué más da!

—Tú déjame hacer, mujer.

—No, si yo te dejo.

Por la noche habló con los del camión. Quedaron en recogerle a las cinco de la mañana en la Plaza del Ayuntamiento. Ya estaba todo arreglado. Paco el carpintero no pegó su ojo sano. Por fin iba a realizar una hazaña sin precedentes. Se habría acabado la rivalidad con Lucas, y éste tendría que reconocerle su superioridad. «¿Quién había cobrado una pieza así en todos los contornos?» Regresaría con el animal sobre los hombros, como si fuera un cordero. Sería la expectación del pueblo. El mejor cazador de todos los tiempos. «¡Ya lo creo!». Lo llevaría al taxidermista y lo colocaría, no sobre el armario del comedor, sino sobre un plinto de madera de haya, a la medida del lobo disecado, que pondría en lugar destacado en su taller para que Lucas lo pudiera ver todos los días, si es que se atrevía a seguir apareciendo por la tertulia.

Y se fue aquella madrugada con los del carbón.

Hasta el tercer o cuarto día no hubo forma de conseguir que regresara, ni nadie fue capaz de convencerlo de que no existían lobos en Sierra Espuña, a pesar del periódico, a pesar de la radio. Ni lobos, ni nada aparte de unas pocas liebres para las que se necesitaban más piernas y mejor vista de las que él tenía.

Estuvo enfermo de vergüenza, pero nadie le habló del asunto del lobo; como si no supieran nada. Le visitaron en su casa, y después, en la carpintería, siguieron las tertulias. Lucas continuó con sus idas y venidas desde el yunque a la reunión, y así durante años, hasta que Paco cerró la carpintería, de viejo, y sólo arrastraba los pies hasta un sillón de la Sociedad de Cazadores recién creada.

De nuevo volvía a haber algo de caza: perdices y liebres, claro. Se respetaron las épocas de veda y había más aficionados que nunca. Pero para Paco, para Lucas, para Andrés, para los demás de sus tiempos se había acabado la caza. Ahora sólo recuerdos y recuerdos; aunque, por dentro, el carpintero siguiera pensando en aquella oportunidad que perdió de convertirse en el mejor cazador de los contornos.

«Si no hubiera sido por mi mala suerte habría encontrado al lobo», pensaba. Y esto, todos los días, en cuanto caía en sus manos «La Verdad», mañana a mañana esperándolo sobre la mesa de la Sociedad de Cazadores.

Madrid, 14 enero 1973

El meteorito

Premio «Navidad de las Ondas»

PARA Robert aquella era una noche como las demás. Cierto que resultaba insólito el cielo azul limpísimo salpicado de estrellas, y la temperatura primaveral en pleno mes de enero. Nunca habían vivido en un país tan cálido, entre gentes amables, sencillas, y quizás demasiado ingenuas en su admiración por el descomunal aparato desplegado en un rincón perdido de la sierra donde, con increíble celeridad, se habían alzado los edificios de la estación seguidora de satélites, que ahora se recortaba sobre el horizonte como un extraño postizo adornado de grandes antenas parabólicas con aire de mecano. Allí tenía su trabajo y su refugio. Todo se aprestaba a la sonrisa, a la felicidad, al triunfo..., a no ser por el hijo, enfermo casi desde su nacimiento, para quien no programaban esperanzas las eminencias médicas.

Robert, ingeniero en electrónica, era uno de los cerebros jóvenes más preclaros en su especialidad. Su destino como jefe de la estación de seguimiento significaba un nuevo y firme paso en su carrera, en la rápida trayectoria profesional que llenaba de orgullo su existencia sólo enturbiada por la triste circunstancia del hijo enfermo.

Para Robert aquella era una noche como las demás. Había salido de su casa, uno de los modernos y confortables chalets prefabricados montados en las afueras del poblado para albergar a las familias de los técnicos, tras despedirse de su esposa y besar a su hijo, de apenas cuatro años, inmovilizado en la cama desde siempre. Le aguardaba una noche de rutina, de comprobaciones, de cálculos... Todo había de estar perfecto, a punto para el próximo lanzamiento.

* * *

Atrás, mientras se dirigía a su trabajo conduciendo en solitario por la carretera, expresamente construida para el servicio de la estación, quedaba un pequeño pueblo para cuyos habitantes aquella noche no era en modo alguno una noche como las demás, sino especialísima y llena de ilusiones: la noche de los Reyes.

Tradicionalmente se celebraba la fiesta con una cabalgata que, rememorando la llegada de los Magos a Belén, repartía juguetes a los niños, entre la algarada de las gentes que entonaban los ancestrales cánticos de una Navidad prolongada para terminar entonces, con el colofón de la llegada de los hombres de Oriente acudidos a adorar al Niño-Dios nacido hacía unos días y ¡veinte siglos antes!

Recordaba los años de su infancia en California. Los españoles, tatarabuelos de estos lugareños que parecían haber estado aguardando durante doce largos meses, tras su aspecto zumbón y sus arrugas de sol y de fatiga, el instante de la explosión de júbilo, habían dejado sus templos coloniales con espadañas de sonoras campanas para avisar que Dios no muere nunca, que está presente siempre, que nace, que renace y vuelve a renacer en el prodigio del amor sin descanso. Pero... «¡Hace tanto tiempo!».

Era apenas un recuerdo, un elementalísimo y oscuro recuerdo. La ciencia, la cultura, el progreso, el acelerado ritmo de la vida, no habían dejado hueco a sentimentalismos. Los Reyes Magos eran... ¡Reyes Magos!, paparruchas, leyendas sin sentido. Jamás había sabido su pequeño de belenes ni historias. Algún ser superior, dominador del cosmos, existiría quizás, alguno... ¿Dónde? Ni siquiera le había preocupado demasiado la idea de que pudiera existir alguien o algo que estuviera por encima del poder de los hombres, cada vez más omnímodo.

Don Tomás, viejecito y vivaz cura del pueblo, con ojos luminosos e insignificante cuerpecillo, les había visitado como el que no quiere la cosa, pero sí quería... Quería ofrecerse, quería saber de sus problemas, quería ayudar en la medida de sus fuerzas, aunque sabía muy bien que no eran practicantes aquellos americanos que sólo por curiosidad habían entrado alguna vez al templo, pobretón y encalado, que se alzaba en mitad de las callejas del pueblo. Le atendieron con cortesía. Ellos no deseaban saber nada de iglesias, y don Tomás se marchó compungido, triste, porque un pequeño drama ennochecía la existencia de aquella familia trasplantada a su pueblo en aras del progreso; del mismo progreso impotente para dar la salud al inocente niño que la necesitaba.

«De todas formas, rezaré por ustedes. Dios no hace distingos», había dicho el buen cura al despedirse.

Para Robert aquella era una noche como las demás. No se cansaba de repetírselo a sí mismo, y tal vez porque no estaba demasiado seguro; en su fuero interno le asaltaba la idea, la sospecha, de que lo que hacía era huir. Seguramente huía de aquella noche de Reyes que iba a llevar la alegría a los hogares pueblerinos, que iba a llenar de contento a multitud de chiquillos, niños como el suyo, pero que corrían y saltaban, y reían repletos de vitalidad y salud.

Le quedaba el recuerdo remoto de su infancia. Gaspar, Melchor, Baltasar ... Magos de Oriente que decían habían llegado a ofrecer sumisión a un recién nacido para quien se presagiaban durísimos momentos de dolor y de angustia. Todo era una nebulosa inconcreta. «¡Tantísimo tiempo...!»

«Si fuera verdad que hay un Dios...» Mezclado con ello, aparecía la imagen del hijo imposibilitado a pesar de su aspecto saludable, de sus ojos azules, de su pelo rubio... y una madre a su lado, y un porvenir tan triste como quizás el de aquel pequeño legendario en cuya conmemoración saldría la cabalgata repartiendo alegría.

* * *

Ya estaba en su despacho, entre computadores electrónicos. Intentó ojear unos informes, descifrar unos datos... Inútil. No tenía ánimos para trabajar. Algo le inquietaba dolorosamente por dentro, y él sabía qué era. Se acercó a la ventana. El amplio ventanal dominaba la planicie bordeada de pinos en que estaba enclavado el observatorio. La luna llena iluminaba los alrededores, y el cielo arriba, azul, limpio, increíble.

De repente vio surcar el espacio un gran meteoro, una estrella fugaz seguramente. No se desvanecía. Resistía en su trayectoria luminosa de este a oeste, y luego descendió violentamente. Estaba seguro de que había caído a tierra. «En el pueblo. Ha caído en el pueblo».

Temió por un momento infinidad de cosas imprecisas, y, aceleradamente, subió en su automóvil y se dirigió al pueblo. No era nada común un meteoro de tales proporciones.

Al aproximarse no observó nada de particular. Probablemente había sido un efecto óptico. Todo estaba tranquilo, si tranquilo puede ser el bullicio de las gentes cantando, entre estruendo de zambombas, panderos, carracas y almireces. La cabalgata había llegado hasta la puerta de su casa. Los Reyes, a lomos de caballos, parecían auténticos monarcas con sus brillantes atuendos, todavía más vistosos a causa de la noche que impedía descubrir el detalle de los mantos raídos oliendo a naftalina. Dejó el coche y se acercó. Llamaban a su casa. Le llevaban regalos a su hijo, y, Robert, no quiso entrar.

Nadie se había percatado de su presencia, de forma que, para hacer tiempo, se adentró en el pueblo.

De repente se encontró frente a la iglesia. Entró. No había nadie. El Altar Mayor, iluminado, le pareció hasta hermoso. Se aproximó lentamente y, sin saber cómo, se encontró arrodillado. Un sopor de ensueño se apoderó de él durante unos segundos. Pensó que el hijo enfermo había sanado. Lo vio jugar, correr, sonreir a los Reyes que le ofrecían juguetes.

Cuando alzó la cabeza, en el presbiterio había una sombra, allá, en el extremo. El viejecito don Tomás oraba de rodillas y, en un instante, le pareció que volvía la mirada hacia él; una mirada franca, brillante, indescriptible. Eran sus ojos radiantes puntos luminosos, aún más que el meteorito que había surcado el cielo.

Robert corrió hacia su casa. Corrió desesperado, llorando de contento; como debió correr el Centurión, aunque no nos lo digan; Tenía una fe ciega en su hijo sano.

Apócrifo 1886

UN día de 1886 partió de la estación-muelle de carga, que hoy es huerto de limoneros al borde de la carretera, junto al Cuartel de la Guardia Civil, el primer convoy que inauguraba el ferrocarril minero, Mazarrón-El Puerto, para facilitar la salida del mineral que embarcaba en vapores y veleros hacia las fundiciones de Cartagena, o hasta Inglaterra y Francia, por ejemplo. El ferrocarril lo había construido la Compañía Metalúrgica de Águilas, propietaria de muchas de las minas y de algunas fábricas en las que se beneficiaba parte del mineral, una de ellas, La Esperanza, en terrenos de El Puerto, era la más importante, pues contaba entre sus instalaciones con seis calcinadores, dos hornos atmosféricos, laboratorio, oficinas y extensos almacenes. Todavía quedan elocuentes vestigios.

Galena argentífera, blenda, óxido de hierro y alumbre se extraía por centenares de mineros, miles, que horadaban en turnos interminables a la luz de candiles las entrañas de aquellos montes ahora salpicados de vertederos, restos de chimeneas y derrumbados edificios que le dan un fantasmagórico aspecto de zona arrasada por cualquier cataclismo: tal vez sólo el del abandono y la ruina prolongada durante más de medio siglo, en unas tierras de las que ya hablaban Estrabón y Polibio contando su explotación por parte de los cartagineses.

Otro día de 1886, al año siguiente de su muerte, comenzó a hacerse presente Victor Hugo en bastantes hogares españoles gracias a la publicación de sus «Obras completas». Fue una iniciativa de Terrazo, Alina, y Cª. Editores de Valencia que las lanzaron en Cuadernos de ocho entregas al precio de dos reales cada una.

Por esa época Mazarrón era una villa de veinte mil habitantes, envuelta en penachos de humo y vapor, estridente ruido de máquinas, golpear de émbolos de las bombas que achicaban el agua, estruendo de vagonetas y cubos, lavaderos, fraguas, aserrerías de maderas y traqueteo de solidísimos carros cargados de mineral en trasiego constante de idas y venidas desde y hasta el muelle del ferrocarril de vía estrecha que cubría la breve distancia de siete kilómetros hasta El Puerto con más rapidez y economía que las caravanas de carros fatigosamente arrastrados por resignados mulos y caballos.

Se había convertido en una población próspera y rica, con suficiente auge para que medraran explotadores y explotados. Bastaba asomarse por la noche a cualquiera de las innumerables tabernas para ver a los hombres gastar generosamente el dinero conseguido cavando bajo tierra entre sudores amasados con polvo. Corría el vino, se multiplicaban las partidas de naipes, y hasta en quince locales había espectáculos cantantes, de más o menos fuste, en los que mediocres «artistas» entretenían al respetable interpretando con atipladas voces cancioncillas, de no muy ingenuo segundo sentido, aplaudidas a rabiar por las endurecidas manos de burdos mineros embutidos en chaquetas cortas y estrechas, abotonadas hasta el límite, cuando no ataviados con blusones al uso, invariablemente cubiertos con sus perennes gorras de visera, que, en ocasiones, coreaban los estribillos archisabidos entre risotadas y tragos de aguardiente.

Las señoritas cantantes, por supuesto, no se conformaban con actuar en las tablas, sino que hacían muy buena competencia a las profesionales del amor; cuatroletras, rameras, prostitutas, meretrices..., que acudían en busca de hombre solitario al que consolar a cambio de unas pocas monedas.

Había excepciones, claro que las había, y hasta entretenidas con casa puesta por algunos propietarios de minas y altos empleados de las metalurgias. Los entretenimientos solían ser efímeros, como efímeras eran las escrituras que terminaban, ya de madrugada, pasando de mano en mano arrastradas por una persistente mala racha. Prohibidos los jugadores profesionales; pero ¿quién no era un poco profesional en aquel bullicio de partidas y al señuelo de los tantos por ciento que podían obtenerse de determinadas galenas argentíferas?

Lo que fácil venía, fácil se iba. Sólo los grandes concesionarios podían mantener el tipo indefinidamente; y no solían ser los más jugadores por cierto, ni vivían a pie de mina, sino en la capital de la provincia como poco.

Las calles se adornaban de rejas de forjado, de edificios con cierto regusto palaciego, de portalones con broncíneos llamadores en forma de mano, y carruajes tirados por briosos caballos enjaezados, uno de los exponentes de prepotencia, en los que los señores visitaban las minas, sus metalurgias, y se llegaban a El Puerto a descansar de humos y sudores obreros, exhibiéndose junto a las excepciones con aspecto de damas, o más bien vestidas de tales: sombreros, encajes y botines traídos de Madrid cuando no de Génova o París como una demostración del poderío de sus entretenedores. Tales atuendos destacaban aun más entre la mediocridad del mujerío común, incluidas las decentes, de pañoleta y mandil hasta los pies, soñando siempre con que sus maridos tuvieran un golpe de suerte que les proporcionara casa enrejada, botines de charol y cabriolé en el que pasear luciendo espléndidos sombreros y sombrillas de encaje.

Y allí, entre todo ese tráfago de personas y cosas, entre todo ese estruendo de minas, fraguas, carretas y caballerías, estaba la enigmática Soledad La Peseta, llegada no se sabe cuándo, cómo o de dónde. Una hermosa mujer morena, de ojos grandes y esbeltísimo talle.

Según dicen comenzó cantando en el más elegante cafetín, «El Cursal», que adquirió al poco tiempo. También dicen que no hubo señorito de levita y chistera con dinero bastante para obtener de ella más favor que el de aceptar una copa después de su actuación.

—Te apuesto, Tomás, que con esa no puedes.

—Yo no estaría tan cierto. Dale tiempo al tiempo... Al final todas caen.

Don Tomás, el Gallego, contestaba sin convicción alguna; la prueba está en que se atusaba con los dedos de la mano derecha la guía izquierda de su cuidadísimo bigote, en gesto pensativo de duda decisoria. Era sabido que cuando hacía ese gesto no cerraba el negocio, o no pujaba más en la partida.

—Alguna tiene que fallar.

—¿Quién sabe? –y continuaba atusándose el bigote.

La presentación de Soledad en el tabladillo del café causó auténtico revuelo, y no sólo por su belleza, sino porque realmente cantaba como nadie lo había hecho hasta entonces en aquellos escenarios. Pronto se reveló también como una experta jugadora; tenía tanta fortuna con las cartas como éxito con los hombres, que se acostumbraron a verla ganar partida tras partida, y hasta se disputaban el honor de sentarse a su mesa... y perder, lo que no parecía importarles demasiado con tal de alternar con la artista.

—Vale muchas pesetas –dijo alguien.

—Y las tendrá, seguro, porque no pierde nunca.

Fue el origen de lo de «la Peseta», que era tanto como decir «La rica». También podían haberla apodado «La Marquesa», pues no faltó quien apuntara saber de buena tinta que había sido la amiga de un marqués. Pero cuajó lo de «la Peseta», y así se la conocía hasta que vendió «El Cursal» y entró en sociedad con el propio don Tomás el Gallego, uno de los hombres más poderosos de la zona minera, y además elegante; ataviado con impecable redingote y chistera, cuando no vestía ternos veraniegos con vistosos chalecos cruzados de bolsillo a bolsillo por espléndidas cadenas de oro que alternaba en su reloj suizo de sonería, «para saber la hora por la noche, o dentro de la mina» –decía–, aunque nadie le había visto jamás descender por la boca de un pozo.

Así pues, desde su sociedad con el Gallego empezó la gente a olvidarse de lo de «la Peseta», hasta convertirla en doña Soledad. Seguía siendo un enigma, y nadie comprendía que una mujer se dedicara en cuerpo y alma a los negocios.

La ya doña Soledad abandonó hasta el juego; no tenía amistades femeninas, ni más mundo que el de sus propiedades mineras y su casa, en la que recibía con frecuencia a personas destacadas. Vivía rodeada de magníficos muebles, espejos y cortinas, con todas las comodidades que pudiera tener un hogar confortable de alta burguesía; disponía de varios dormitorios para posibles invitados, uno de ellos especialmente cuidado, que nunca ocupó nadie. Incluso tenía libros, y, por supuesto, comenzó a coleccionar las entregas de esas obras completas de Victor Hugo que, colocadas sobre la mesita del recibidor, llamaron la atención de algunos de sus asiduos contertulios.

—¡Caramba, Soledad! Ya sabía yo que usted era una señora muy progresista –comentó don Tomás al ver el recién aparecido Cuadernillo de la edición de lujo.

—No todo van a ser negocios, amigo mío. Hay que estar ilustrada.

—Me parece estupendo. Yo también los adquiero. Le alabo el gusto.

De cualquier forma, hasta qué punto podía interesar a una y otro las sombrías leyendas de «Han de Islandia», compañero de un oso y bebedor de sangre humana empeñado en su venganza –tema de la primera de las novelas de la serie–, es algo que no sabremos.

Ella, amabilísima, eludía sistemáticamente cualquier referencia a su vida anterior. Jamás hacía confidencias. En ocasiones se le notaba el rostro iluminado de gozo: había recibido la carta; una carta mensual que siempre esperaba y leía y releía hasta la próxima. Lo sabía todo el mundo.

Cierta mañana de 1886, doña Soledad, más radiante que nunca, se acomodó en el acolchado vagón de primera del ferrocarril minero (seis unidades de carga, un coche de segunda repleto hasta los topes, y el lujoso, con cortinillas y alfombras, para quienes podían gastar sesenta céntimos por un recorrido de siete kilómetros).

—Hoy llega –le había dicho a su doncella Úrsula, sin poder contenerse, mientras escogía su mejor traje.

—¿Quién llega, señorita?

—¿Quién...? Descuida: Ya lo verás.

—¿Quiere que la acompañe?

— No, Úrsula. Mejor no. Prefiero ir sola. Llega en el vapor de Londres. Así me lo comunicó en su última carta. ¿Está ya preparado el coche?

—Sí, señorita, pero... ¿va a ir en coche?

—¡Ni soñarlo! Me despeinaría, me llenaría de polvo... A lo mejor no le gustan los coches de caballos. Lo quiero para que me lleve a la Estación. Por cierto, se me olvidaba, ¿dónde está el novelón? Ah, sí: en la mesita de la entrada. Tráemelo, Úrsula, por favor. Me entretendrá durante el viaje.

En realidad pensaba que con las páginas de Victor Hugo en las manos se sentiría más segura; le proporcionaría apariencia de persona culta, interesada por la literatura, por los avances... «Yo, por supuesto, no tengo sus estudios, ni ningunos, pero quiero causarle la mejor impresión».

El vía estrecha le pareció más alegre que nunca. El jefe de Estación se acercó a saludarla en cuanto la vio.

—¿Qué? ¿Al Puerto? –le dijo.

—Vaya que sí, don Antonio –Todos llamaban don Antonio al Jefe.

—Muy bien, doña Soledad. Que tenga buen viaje.

—Gracias hombre.

Estuvo tentada de preguntarle cuál era el nombre de la máquina, con la caldera a punto para emprender un recorrido que tendría que saberse de memoria. «¿Será Juanita?» Tenía que ser Juanita. Las otras dos locomotoras se llamaban Eustasia y Eulalia; pero en esta ocasión Soledad estaba segura de que el convoy lo arrastraría Juanita. Era el nombre más bonito para ella. Por eso, además de por la razón de su viaje, el tren le parecía alegre como nunca.

En el mismo vagón tomaron asiento varias personas con las que tenía cierto trato. Se saludaron.

—Va a hacer un día estupendo.

—Seguro. Un día estupendo –contestó Soledad, que a duras penas podía dominar sus nervios.

Por fin, la arrancada. El tren superó la colina que se alza a la salida del pueblo, cruzando con desahogo el badén de la Rambla Grande. A lo lejos humeaban las chimeneas de minas y fábricas en competencia con la pequeña de Juanita. «Seguro que es Juanita». Atravesó a buena velocidad los campos de higueras y almendros; árboles pelados, retorcidos en el mes de diciembre, casi en vísperas de la primera Navidad que iba a tener significado para Soledad desde hacía muchos años. Se estremeció al pensarlo, o acaso porque hacía frío a pesar de que el sol gratificante entraba por el cristal de la ventanilla. Se arrebujó en su abrigo, con cuello de piel. Sus manos enguantadas abrieron el primer cuadernillo de «Han de Islandia»: «He aquí á dónde conduce el amor, vecino Niels; la pobre Guth Stersen no estaría de cuerpo presente, estendida sobre esa piedra negra, como una estrella marina olvidada por la marea, si solo hubiera pensado en clavetear la barca y en componer las redes de su padre, nuestro antiguo camarada. San Usufo el pescador la consuele en su pesar». (Decía, efectivamente estendida la traducción de don Jacinto Labaila).

Soledad sintió aumentar su estremecimiento y cerró el cuadernillo. «¡Pues sí que es buena lectura para esperar a alguien que viene de un largo viaje por mar!»

El pequeño convoy tan pronto le parecía lentísimo como demasiado rápido. No estaba segura de si tenía prisa por llegar, o cierto temor. Era un viaje importante para ella. El más importante de cuantos pudiera haber hecho en su vida. Dependían muchas cosas de aquel encuentro al que se dirigía.

Ya se acercaba el tren al Collado Blanco. En la otra vertiente aparecían los níveos rectangulares estanques de las salinas sobre las que el trazado de las vías describía una amplia curva, para terminar en la alta trinchera abierta al pie del monte, volcado al mar, donde estaba la Metalúrgica La Esperanza y el final del trayecto. Desde lo alto del collado se divisaba la bahía de El Puerto, y, tan próximo a la costa como le permitía su calado, el carguero a bordo del que regresaba Juanita. Tantos años de esfuerzo y sacrificio, de separación y humillaciones con su cuerpo como único patrimonio, para que la hija sin padre pudiera educarse en un internado inglés, ajena por completo a las aventuras de la triunfante doña Soledad.

Rechinaron los frenos; golpearon los topes; descendieron los viajeros. El tren minero, tras una breve parada, entraría por la trinchera para descargar en la explanada de la fundición. Soledad sintió que sus piernas no le respondían. Le costó levantarse del asiento. Por primera vez pensó que habría necesitado de Úrsula para que le ayudara. Nunca se había sentido tan sola. No la esperaba nadie, y el barco había llegado de madrugada. Indagó inútilmente, hasta que por fin un muchacho le entregó una carta por encargo del capitán del vapor inglés.

Juanita, su Juanita, diecisiete años escasos, había decidido irse a las Américas protegida por un agente artístico que le vaticinaba el éxito y la fortuna.

Soledad lloró desconsoladamente, para adentro. No vertió ni una lágrima. Volvió al juego, ya como perdedora. La consoló don Tomás, eso sí, porque el Gallego estaba prendado por ella. Pero se le pasó. Todo se pasa.

Soledad comenzó a beber como en sus peores tiempos. La gente no comprendía que hubiera experimentado un cambio tan radical. Apostaba sin ton ni son; se arrojaba en brazos de cualquier hombretón que la requiriera. No tardó en vender, primero el tiro de caballos, después su parte de la sociedad, a continuación los muebles de la casa... Para entonces había vuelto a ser Soledad «la Peseta», pero ahora porque era público y notorio que se vendía por una peseta, por una copa de licor.

Envejeció rápidamente. Alguien quiso animarla a que cantara de nuevo; pero no tenía voz. No tenía ánimos, no tenía más que tristeza, una tristeza inmensa que la fue consumiendo hasta quedar convertida en un guiñapo.

Diez años después Soledad «la Peseta» era sólo una anécdota apenas recordada. «Sí –me contó algún anciano del lugar–, aquella mujer perdió todo su capital bebiendo y jugando; pero dicen que jamás faltó un día a ver partir, por lo menos, uno de los convoyes que llevaban mineral hasta El Puerto, o a verlo regresar más bien. Parecía que esperaba a alguien, pero nadie logró saber a quien. Murió alcoholizada, no sabría decirle cuándo».

La historia podía haber terminado aquí, pero este año, con motivo del centenario de la inauguración del ferrocarril minero, desaparecido definitivamente en los años cuarenta, he sentido curiosidad, he preguntado.

—Mire –me ha dicho el dueño de una ferretería–, mi padre llegó a conocer el tren en todo su apogeo, pero ya está muy mal de la memoria; de la cabeza, ¿sabe? El que podía contarle cosas es un tal Juan Expósito; un pescador jubilado que vive en esas casitas bajas que hay cerca del mar, por allí, por la playa de La Isla.

Juan Expósito me atendió con agrado:

—Anda, Paca, saca del frigo una botella de cerveza para el señor.

No quise rechazársela, y bebimos.

—Usted dirá lo que quiere saber del tren minero. Todo lo que recuerdo es que llegué a viajar en él siendo muchacho, pero mi padre, que sí que trabajó en las minas, me contó muchas cosas.

Juan Expósito, que no aparenta más de sesenta años, aunque está próximo a los setenta, es un hombretón desdentado, de gesto duro y sin embargo afable. Juan Expósito luce unos desusados bigotes amarillos de nicotina, así que, inmediatamente, le ofrezco tabaco.

Estamos en la misma entrada de la casa. No se ve el mar porque han construido delante, pero se escucha el batir de las olas. El mar lo tiene en la pared: tres o cuatro cromos enmarcados y algunas fotografías antiguas de los barcos de vela que él conoció de joven. En una estantería, entre caracolas marinas, un par de tomos grandes en cartoné. Como me fijo en ellos, me dice:

—Son buenos libros, ¿sabe? –Me los enseña.

—Sí, muy buenos –contesto–: Las novelas de Victor Hugo.

—Eso creo –responde Juan Expósito.

Y entonces, instintivamente, al reconocer encuadernadas las entregas que se iniciaron en 1886, en vez de preguntarle nada sobre el ferrocarril, o sobre Soledad «la Peseta», le pregunto si conoció al padre de su padre.

—No señor, no. Pero esos libros deben ser de su tiempo..., quizás.

—¿Y a su abuela paterna? –Insisto.

Juan Expósito se ha quedado un tanto pensativo. Se cambia el cigarrillo de mano para tener libre la derecha, y la acerca a la guía izquierda de su bigote: Es el mismo gesto de duda decisoria con el que don Tomás el Gallego daba por zanjada una cuestión. Es evidente que no desea hablar de su familia, aunque sí de las minas, del ferrocarril, de la riqueza inmensa sacada de la tierra.

—Este es el tren. –Y coge una fotografía enmarcada entre las de los barcos.

Pero yo no le escucho. Mi mente va por otros derroteros: Victor Hugo, el apellido Expósito, el gesto de atusarse el bigote... Seguramente simples coincidencias.

Me resisto a admitir que Juan Expósito pueda ser nieto de aquella Soledad «la Peseta» que acudía a la Estación todos los días hasta que se murió sin esperanza.

Por supuesto, no quise contarle esta historia.

4

«Oh Testórida, aunque las cosas oscuras para los mortales son en gran número, nada les resulta a los hombres tan difícil de conocer como su propia mente».

«Epígrama al Testórida»
HOMERO

«Un amigo como tú es un tesoro bien raro sobre todo en estos tiempos».

Rama a Sugriva, en el «Ramayana»
de Valmiki (siglo V a.C.).

Contar una historia

—¡Eh! ¡Oiga, señor! No, si ya sé que usted pensará que no le interesa lo que le voy a decir. ¡Es natural! Cada cual va a lo suyo. Además, déjelo. Para qué me voy a molestar; tampoco me va a creer. ¡Si lo sabré yo! Estas cosas no las cree nadie; bueno, casi nadie: Lorenzo sí. ¡Ya lo creo que Lorenzo me creerá cuando se lo cuente! Pero, ¿sabe?, Lorenzo no está aquí. Hace ya mucho tiempo que no lo veo. Es un gran chico este Lorenzo. Yo le enseñé cuanto sabe, y lo convertí en un experto maquinista. ¡Vaya si lo es!

«Desde pequeñito me esperaba siempre en la estación. Él es del Robledal, ¿sabe? No sé por qué le contaré a usted esto. ¿A que no le interesa? Y, además, no va a creer ni jota de lo que le diga... Lorenzo se subía a mi máquina y toqueteaba todas las palancas, todos los resortes; y tiraba de la cadena para hacer sonar el silbato. Le gustaba muchísimo tirar de la cadena del silbato. Por aquellos días ya sabía yo que existía lo que existía. Cuando traía por las noches mi convoy, alegremente, trepidante y ruidoso, sabía que al dar la curva de Cienvilches estaba allí, esperando que pasara, sentada al borde de la alberca. Entonces yo disminuía la marcha y dejaba escapar cinco veces el pitido de mi locomotora. En ocasiones casi sonaba con el gesto tan sólo de mi mano; y estoy seguro de que si alguna vez me hubiera olvidado habría sonado por su propio impulso los cinco golpes de vapor, fuertes y breves; uno por cada letra: N.Y.N.E.S. Estaban perfectamente diferenciados los silbidos, hasta el punto de que podía haber reconocido aisladamente a qué letra se refería cada uno de ellos; y yo la veía brillar bajo la luna, allá al borde de la alberca día tras día. Sus ojos, su cola, sus cabellos rubísimos recogidos en una trenza inmensa... Lo veía todo; pero no dije nunca ni una palabra a mi compañero. ¡Para qué! ¡El tampoco me iba a creer! Como usted. ¿Usted piensa que yo no sé que no me cree? La gente está muy poco dispuesta a aceptar las cosas que son ciertas; en cambio un bulo, una difamación, una historia malvada, eso sí que lo cree porque le gustaría que fuera cierto.

»Ignoro cómo supe que se llamaba Nynes, pero se llamaba, y no le decía nada a mi compañero. Después sí. Cuando Lorenzo se examinó y venía conmigo de ayudante, un día no tuve más remedio que decírselo. No quería tener secretos para él. Además, lo habría descubierto. Él es listísimo, ¿sabe? Llegará lejos, muy lejos. Se lo dije: le indiqué cuando tenía que mirar para la alberca, y él me contestó que no veía nada; sólo la luna brillar sobre el agua parada y verdeoscura. Y era verdad. Me di cuenta enseguida. ¡Cómo iba a ver todo el mundo a Nynes! Aunque, Lorenzo... Lorenzo era distinto. Él debería haberla visto.

»Yo soy de tierra adentro, de ... ¡Qué más da! De un pueblo del interior, de lo más interior de Castilla. El nombre es lo de menos. Lo cierto es que nunca he visto el mar. Realmente me habría gustado ver el mar, aunque hubiera sido una sola vez: las olas, la espuma, la arena, las estrellas marinas esas que siempre hacen crecer sus brazos por más que se los corten, los caballitos... ¿Sabe? Tengo un caballito, mire: lo guardo siempre en esta caja con algodón; está retorcido y anguloso, parece mojama, pero es bonito. ¡No lo niegue! Yo sé que el verdadero nombre de los caballitos de mar es el de hipocampo. ¡Ya ve usted, hipocampo...! A mí me gusta muchísimo más llamarles caballitos marineros. También me habría gustado tener una camiseta a rayas horizontales azules y blancas, pero no quise comprármela hasta que no fuese a una playa, y... Ya le he dicho antes que no he visto el mar. Mi abuelo sí. Mi abuelo era de Vigo, y cuando se refería al mar siempre decía "la mar", como los hombres que llevan agua salada por las venas. Yo no he podido nunca decir 'la mar' porque me suena a falso; como algo que se me escapa de las manos.

»Mi abuelo me contaba historias de pescadores en las noches de invierno para que no le diera mucho que hacer, sobre todo cuando llovía y él no quería salir a la taberna porque odiaba el agua; el agua dulce, el agua de lluvia más que nada, que viene de los temporales que hunden los barcos y matan a los hombres: a su padre, a su hermano Jorge... Por eso odiaba el agua, y se vino a vivir al interior, y no quiso que yo fuera marinero, a pesar que ya desde pequeño mostré una decidida afición por los barcos y cuanto se relacionara con ellos, y él seguía amando en secreto, por encima de su odio el agua, cuanto había abandonado al venirse.

»Él era guarda agujas, y me contaba historias de marineros; de naufragios, de pescadores... También me contaba historias de sirenas, y creía firmemente que las sirenas estaban por las playas solitarias llamando a los pescadores y a los barcos inmensos que iban para América, o para el norte; para Noruega, para todos sitios. Mi abuelo de vez en cuando decía que las sirenas no eran buenas y que atraían a los navegantes con sus encantos para hacer encallar a los barcos y que luego se ahogaran entre las turbias aguas, por la noche, cuando la luna lucía fuerte y todo parecía bonito bajo las estrellas. Esto es lo único que yo no llegué a creer nunca de las historias de mi abuelo. No podía imaginarme a las sirenas rubias, que tienen melodiosa voz y nadan como delfines, sirviendo de cebo para que los pobres marineros no pudieran volver a tierra con sus novias, con sus madres... No podía ser. Por entonces tenía yo seis años y estaba preparándome para hacer la Primera Comunión.

»La señorita de la catequesis podía haber sido una sirena fácilmente, sólo con que nadara como los delfines y se pusiera a cantar sobre una roca o a la orilla del mar, mientras jugaba con las caracolas y la arena; pero no lo era. ¡Lástima! A mí me parecía que todas las chicas guapas tenían que haber sido sirenas, y habría querido oír cantar a la señorita de la catequesis, pero no cantaba. Yo solía subir al coro en la Misa Mayor para oír de cerca de las muchachas que cantaban y ver si alguna me servía de sirena, pero no. Aquellas chicas cantaban bien, pero no había ninguna tan rubia como la señorita de la catequesis, ni que sonriera con tanta dulzura, ni que tuviera unos ojos tan luminosamente verdes como ella.

»En realidad, Nynes no tenía los ojos verdes del todo; los tenía mitad verdes, mitad azules. Esto lo sé muy bien. Vaya si lo sé, pero no importa, porque mi abuelo jamás me había dicho que las sirenas tuvieran forzosamente que tener los ojos verdes, y él sí que sabía un rato de cosas de mar y de sirenas, a pesar de que no había querido vivir en Vigo por aquello de su padre y su hermano Jorge, que desaparecieron en un temporal mientras caía agua dulce y el cielo estallaba en truenos y relámpagos que ponían lívido al más pintado. En una ocasión se lo explicaba yo a Lorenzo, y él me atendía con interés y se mostraba conforme en que las sirenas no tenían forzosamente que tener los ojos verdes; pero no sé por qué me parece que Lorenzo me escuchaba como si sólo fuesen historias y no auténticas realidades lo que le estaba contando. Ahora, cuando venga a verme, sí que se dará cuenta de que todo era cierto, y que la pobre Nynes estaba esperándome con su trenza enorme y sus ojos brillantes cuando mi máquina enfilaba la curva, aminorando la velocidad y silbando sus cinco brevísimos suspiros de vapor.

»La señorita de la catequesis era tan buena que yo no podía entender por qué no era una sirena de las de verdad. Me daba caramelos y yo me sabía las obras de misericordia mejor que nadie, sólo por darle gusto. Después surgió el gran problema al llegar el momento de mi Primera Comunión. En casa querían hacerme unos pantalones y una blusa blancos, porque así me servirían para ponerme limpio los domingos, y yo, una tarde, igual que otras antes, le pregunté a la señorita de la catequesis si era una sirena, y se rió mucho. Después le conté lo que me pasaba y entonces no se rió; al contrario, ¿sabe usted lo que hizo?: me regaló un traje de marinero, que era lo que yo quería. Desde luego no lo estrené yo, pero casi casi. Sólo se lo había puesto dos veces su hermano pequeño que hizo la Comunión el año anterior: el día del Corpus y el día de la Ascensión. Pero me daba lo mismo. ¿Acaso no tenía un traje de marinero para mí, y para siempre?

»Fue el día más feliz de mi vida hasta entonces, de verdad, como decían las estampitas por detrás. Aunque no sé por qué lo ponían también los recordatorios de los demás niños que no tenían traje de marinero. Me vestía con él los días de fiesta, y tuve siempre tantísimo cuidado que fue el primer pantalón que se me quedó pequeño antes de ponerle culeras. ¿Usted sabe lo que son culeras? No, no lo sabe. Usted es una especie de señorito. Apuesto a que nunca ha llevado remiendos en los pantalones. Bueno, no importa. Entonces también me sentía yo señorito. Sí, por primera vez me vi importante, mucho más importante que los otros chicos; ya lo creo.

»A Lorenzo le habría gustado tener un traje de marinero como el mío. A Lorenzo le gusta el mar. El ha tenido suerte porque le tocó hacer el servicio nada menos que en Palma de Mallorca. Cuando volvió lo pusieron de ayudante mío, y aun entonces le gustaba que continuara explicándole como eran las caracolas, y el mar y las tormentas encrespadas. ¿Usted sabe cómo son? Lo debe saber porque es señorito. Ahora pienso que él sabía más que yo de mares, y no obstante le apetecía oírme contar cosas. Lo que no habría visto jamás es una sirena, por eso le avisé yo aquella noche, por eso y por no tener secretos para él; y estaba yo esperando su gran sorpresa más contento que unas pascuas..., pero ya sabe usted que no vio nada; sólo las sombras de los álamos a la luz de la luna, y el agua brillante y tranquila, nada más. Fue una lástima porque me habría gustado que la contemplara y que después me hablara de ella; de sus cabellos, de su trenza enorme, de sus ojos que son azules y verdes a un tiempo... Eso habría sido estupendo.

»Nosotros continuábamos pasando diariamente por allí, y aminorando la marcha al entrar en la curva con los correspondientes cinco pitidos de saludo y adiós, y yo, cada día, pensaba que tenía necesidad de verla más de cerca; de sentir su presencia; de oirla cantar alguna noche sus tractivos mensajes de océano, como decía mi abuelo; de hablarle quizás, porque ella querría hablar conmigo, seguro; para eso me esperaba todas las noches cuando volvía cansado y sudoroso de estar muchas horas sobre mi locomotora ardiente y satisfecha, y entonces... Entonces fue cuando me cogí la mano con una compuerta. ¿Ve?: Me faltan dos dedos. Ya no podría seguir conduciendo la máquina. Es decir, sí podía, pero el reglamento... Me dí cuenta enseguida de que esó era cosa de Nynes, de que ella quería que no continuara en el tren para tener ocasión de vernos más de cerca, de conocernos de verdad, de hablarnos después de tanto tiempo. Esto fue para mí un descubrimiento sensacional, porque ni mi abuelo ni nadie me había dicho nunca que las sirenas tuvieran poder para hacer una cosa así, casi un milagro; para imponer su voluntad, si no, ¡a buena hora me iba yo a coger la mano con nada, y menos con mi máquina, que era un trozo de mí mismo de bien que nos entendíamos!

»Lorenzo se asustó muchísimo, pero tuvo suficiente aplomo para hacerme una primera cura y la cosa no se complicó. Hablaron de invalidez parcial permantente y, en cuanto quise, logré que me colocaran en el cambio de agujas que hay cerca dela alberca. Allí sí que tendría ocasión de encontrarme con Nynes, con la sirena que había provocado el percance. En el fondo yo estaba contentísimo de haber perdido dos dedos a cambio de la oportunidad de entablar relación con ella.

»Mi amigo siguió con la locomotora, y también siguió dando los cinco pitidos al pasar, de regreso, por la curva cercana a la alberca; pero lo hacía saludándome a mí. Algunas veces, los días que libraba, se venía a pasar la jornada conmigo. Bajábamos hasta el agua, y a la sombra de los chopos, en silencio, yo pensaba que en ese mismo trozo de yerba, sobre esa misma piedra, se habría apoyado antes, y lo haría después, la sirenita rubia de la trenza. Tal vez pensara igual Lorenzo, pero no me lo comentó nunca, como si se le hubiera olvidado cuanto le conté aquella noche, como si creyera que yo también me había olvidado; mejor dicho, como si quisiera que yo pensara que él creía que se me había olvidado ya todo. Después hablábamos de cualquier cosa trivial, de cualquier cosa. Lo malo es que ya hacía bastante tiempo que estaba de guarda agujas y todavía no había visto ni tan sólo una vez, ni de lejos como desde la máquina, a Nynes. No podía explicármelo.

»Si no le interesa la historia me callo. ¡No vaya a creer que tengo interés en contarle mis cosas! Aunque, bien mirado, me ha sido usted simpático; cuando venga Lorenzo se lo presentaré, y ya verá usted como cuanto le digo es la pura verdad. Lorenzo se parece un poco a usted, y tiene novia. La última vez que vino a verme a la garita de guarda agujas estaba dispuesto a hacerse novio de Juanita, que es hija de don Luis, el Jefe de Estación de Robledal. Juanita también es rubia y tiene trenza, pero sobre todo es muy joven; yo siempre la había visto como una niña saltando a la comba, aunque, por lo que me contó Lorenzo, se ha convertido en una auténtica mujer. Si hubiera encontrado una chica así en el coro de la catequesis también me habría servido a mí como sirena.

»Desde luego estoy contento de que Lorenzo se haya decidido a casarse, y con esa mejor todavía. No sé por qué me parece que usted es casado. ¿Me equivoco? Pero no, no lleva usted anillo. Aun así su cara es de casado; se casará, eso se nota, como Lorenzo, y tal vez con una chica rubia como Juanita, que tenga los ojos azules y una larga trenza desdibujada a la espalda. Mire: una de las cosas más bonitas de Nynes era la trenza. Estoy seguro de que usted pensará que cualquier cosa que fuera de ella a mí me tendría que parecer bonita, pero se equivoca; igualmente sé que está pensando que las sirenas no tienen trenzas, y tampoco acierta. Admito que al principio podía haber sido una ilusión mía. Lo de la trenza podía haberlo imaginado y no obstante llevar ella el cabello como las demás, como suelen pintar siempre a esas mujeres. Pero no imaginaba nada, sino que era una auténtica realidad. Lo sé de buenta tinta. ¡Como que no lo toqué porque..., casi porque no quise! Si dijera otra cosa mentiría.

»La vida de guarda agujas es aburridísima. Todo el santo día sentado en una silla atendiendo al teléfono con los retrasos; esperando el correo, el expreso y el mixto de las cinco... ¡Es tan distinto conducir un tren que estar viendo como pasan impertérritos por tu lado! Cuando sabía que no tenía que esperar ningún convoy próximo, bajaba hasta la alberca. La alberca es grande, y el agua azulverdosa debe ser muy profunda por el centro. Está bordeada de recios álamos y chopos con hojas siempre inquietas, y, más cerca del agua, por juncales que eternamente curvan sus agujas bajo el soplo del más elemental gesto del viento. El agua está muy fresca; es decir, estaba muy fresca. Ahora no sé cómo estará, como tampoco sé si continuará azulverdosa después de lo ocurrido, y si los álamos seguirán moviendo incansables sus hojas a la brisa.

»Los trenes solían ser puntuales; casi todos pasaban a su hora, minuto arriba, minuto abajo; y yo estaba siempre dispuesto a tirar de la palanca hacia atrás, y ¡listo! Era todo el trabajo, sencillo y responsable. ¡No lo niegue! Si uno se queda dormido, si uno se distrae... ¡Y sin embargo nadie aprecia el trabajo de un guarda agujas! La tarde que vi a Nynes eran ya casi las nueve. Realmente desde la garita no habría visto la alberca (me refiero al agua, que los árboles sí que se veían) a no ser porque yo había hecho un hueco en la enramada de zarzas, y cortado una rama de árbol. Así quedaba al descubierto un trozo y podía contemplarla sin abandonar mi puesto de vigilancia. El de las 21,20 era el tren de Lorenzo, el mío, mi tren de toda la vida; y yo sabía perfectamente que el muchacho es puntual y exacto al pasar por mi puesto. Me gustaba estar allí, al pie de la vía, y escuchar los pitidos de Lorenzo, y contemplar su sonrisa sincera, y su saludo al pasar agitando su mano fuerte y recia. Este era uno de los momentos más esperados durante todo el día; el de dar vía a Lorenzo; el de ver a mi antigua máquina, que añoraba irresistiblemente; el de saludar al amigo querido, al más querido, al único a quién habría dejado con satisfacción mi puesto de maquinista, que llenaba casi como si fuera yo mismo.

»Miré mi reloj de bolsillo y eran las nueve, las veintiuna como decimos nosotros. Y en ese mismo instante, por la abertura de la enramada, vi a la sirena, a menos de cien metros, que miraba sonriente hacia mí desde el borde del agua, como llamándome con la luminosidad de sus ojos y el encanto de su espera mostrada. Porque no cabía duda: estaba esperándome; y, además era lo que había deseado durante mucho tiempo.

»De veras, señor, yo querría explicarle exactamente lo que fue, pero no sabría nunca. Una especie de estremecimiento me recorrió como un trallazo continuado todo el cuerpo; algo parecido a cuando te da vértigo de altura o se te produce un vacío en el estómago al montar en las norias de las ferias; como cuando estás esperando algo que deseas y temes al mismo tiempo, y quisieras no desear mejor que no temer porque te parece sobrenatural y maravilloso, aunque no lo sea, aunque se trate sólo de encontrarte con esa chica, novia de los quince años. Una cosa así, pero mucho más fuerte. ¿Me comprende?

»Nynes estaba allí. Lo vi clarísimo y me parecía un auténtico sueño. Pero estaba, y me hacía señas para que me acercara a su lado. Yo casi no daba crédito a mis ojos. Era el momento esperado durante años. Ahora vería de cerca de la sirena, hablaría con ella y le contaría millones de cosas que llevaba por dentro desde toda la vida para un instante así. Nynes estaba allí. Resplandecía su cara, y los ojos brillaban de esperanza a la sombra de un chopo, junto al agua. Yo habría corrido a su encuentro como un niño embriagado por la dicha de ver cumplido su deseo más íntimo y constante, más ardiente. En cualquier otro momento, ya digo, habría acudido sin pensarlo, entusiasmado por la perspectiva de lograr lo esperado tanto tiempo. Entonces era distinto. Volví a mirar el reloj. El próximo que aparecería sería el Correo; el que venía era Lorenzo. Tenía que esperar hasta que pasara su tren. Ya eran las veintiuna y diez; faltaban sólo diez minutos. Él era siempre puntual.

»Nynes continuaba haciéndome señas con la mano. Intenté indicarle que tendría que esperar un poco, unos minutos, el tiempo justo para que pasara Lorenzo. En la vida todo es irónico, señor; uno se pasa infinidad de tiempo esperando algo que desea más que nada en el mundo, y, cuando llega, por cualquier circunstancia, has de esperar un poco más; un par de minutos más que suelen suponer una mayor eternidad que todo lo anteriormente esperado.

»A continuación de Lorenzo tenía que pasar un mercancías para abajo, por eso fue por lo que estuve pensando fugazmente, y sin querer, que me alegraba que fuera el muchacho quien venía; tenía tantos deseos de acudir a la llamada de la alberca que a no ser por él... A no ser por él habría corrido abandonándolo todo, sin importarme nada. Me esperaría; cambiaría a su tiempo y volvería a cambiar para el mercancías. Sí, ese era mi deber y lo antepondría a todo lo demás.

»Entonces empezó el prodigio. ¿Usted ha oído decir que las sirenas cantan? Pues bien, no cantan. Las sirenas hablan, y cuando lo hacen una música surge de sus labios. Exactamente no son palabras: son sonidos, melodiosos sonidos que despiertan en la sensibilidad el verdadero sentido de lo que quieren expresar, como un torrente musical fantástico que te atrae irresistiblemente. Te habla, te habla... Puede que llamándote; puede que solicitando tu compañía; puede que ofreciéndote amor; puede que... No sé. Palabras que se olvidan; sensaciones que se te clavan en la médula, y luego sólo recuerdas el placer de haberlas escuchado. Porque en cada sonido es ella misma, sin presente ni futuro, quien se entrega en un dulce sentir; y permanece mientras existe el tiempo de la vida, y después nada queda; tan sólo un gran vacío, y todo esfuerzo es vano por querer descubrir lo que decían sus voces.

»Yo me acerqué a la alberca. Sé que me acerqué. Ya no movía las manos como antes, y ni siquiera puedo precisar si me llamaba o no; y no quería acercarme. Deseaba resistirme con todas las fuerzas. Estaba a punto de pasar el tren. Era casi la hora, y Lorenzo estaría preparándose para sus cinco inevitables y afectuosos pitidos humeantes de saludo.

»Fue todo como un rayo. Un estruendo descomunal me llenó la cabeza. El universo parecía desplomarse sin consuelo con furia de titán incontenible. Se oyeron miles de gritos desgarradores, enloquecidos, hirientes, de otro mundo.

»Cuando recobré el conocimiento, en una piedra blanca, junto a mí, al borde mismo de la alberca, había un mechón rubísimo de pelo sobre un charco escarlata.

»Ya está toda la historia. ¿A que tenía yo razón cuando le dije que no se iba a creer nada de lo que le contaba? ¿O acaso estoy equivocado, señor?»

—Hombre, yo...

—No diga nada. Demasiado sé que no me cree. Usted es un señorito. La gente de vida fácil no suele creer estas cosas, ni casi nadie, se lo aseguro.

En este momento aparece otra persona, vestida con bata blanca, y se acerca a nosotros:

—¿Es usted don Luis García, el nuevo doctor? –dice dirigiendose a mí.

—Sí, yo soy.

—Verá, venía a buscarle. El director le espera –y se presenta–: Gonzalo Gutierrez, de la sala quinta.

—Mucho gusto. ¿Vamos?

—Usted perdone. Si hubiera sabido que era doctor...

—¡Nada, hombre! Ha hecho muy bien en contarme lo que quería. Es natural. Adiós.

—Adiós, doctor.

Los dos médicos se alejan, y el de la sala quinta comenta:

—Ese es Enrique. Un buen hombre. Suele estar muy pacífico, y hasta cortés como habrá visto.

—Ya ...

—Sólo se irrita cuando no le dejan contar su «caso», lo que él llama su historia, que no deja de ser curiosa.

—Y es curiosa, efectivamente. ¿Lleva aquí mucho tiempo?

—Varios meses, seis o siete por lo menos. Está así desde el descarrilamiento. Murieron cerca de treinta personas, y le produjo tal impresión que todavía no se ha repuesto. En realidad no se acuerda de nada. Esa historia se la cuenta a todo el mundo. Por eso lo he dejado terminar, para no sulfurarlo; pero ya sabe que cuantas veces lo encuentre intentará contársela.

—¿Y ese tal Lorenzo?
—Lorenzo sí existió. Era sobrino suyo y el que llevaba la máquina cuando la catástrofe. Murió también, pero él no quiere creerlo y lo espera siempre.
—Ya ...
Y continuaron andando hacia el despacho del director.

Metempsicosis

1998. Mayo. El martes, 26, vinieron los topógrafos con sus trípodes, teodolitos y artilugios coloreados a franjas rojas y blancas. Yo, concretamente, no les oí decir ni «buenas tardes», pero seguro que lo dirían, o algo por el estilo, ya que el reloj de sol, aunque despintado, marcaba las doce y media largas.

El 25 de junio vino el arquitecto con la cámara fotográfica. Le interesaban especialmente ciertas perspectivas del jardín, además de una panorámica general del exterior.

En meses anteriores al inicio de estas notas pensadas, que dejé y reanudo ahora, un año después, me pasaron casi inadvertidas cuatro o cinco visitas de más o menos curiosos que no parecían ni interesados ni interesantes. Además, hacían un recorrido rápido y sólo hablaban de metros cuadrados.

En abril sí vino un tipo curioso, empeñado en golpear las paredes displicentemente; más bien con aparente displicencia. Decía algo relacionado con los muros de carga... Se le adivinaba cierta lejana intención redistribuidora, aunque no dijera cuales eran sus propósitos. Me preocupó, porque alguna vez tiene que decidirse alguien. Veremos.

A principios de mayo –con las notas interrumpidas–, enviadas por la misma Agencia, aparecieron dos visitas interesadas en un día, con intervalo de hora y cuarto o así. Una de ellas, hombre de buena presencia y de mediana edad que dijo venir en representación de su madre, no tenía otra obsesión que la de ampliar el garaje y el sótano. La otra no era una, sino un grupo de tres familiares: madre, tía y jovencita embutida en estrechísimos pantalones de color parecido al del empapelado de la sala de estar, que a mí nunca me gustó, aunque reconozca que es sufrido y lavable; todas con acento probablemente extremeño, y, según el agente que las acompañaba, dueñas de una importante fortuna amasada en el negocio de las pompas fúnebres (creo que dijo de los enterramientos).

El 7 de junio –ya con las notas reanudadas–, un padre y su hijo, éste con larga melena recogida con una goma. Son los que más detenidamente han fisgado de arriba abajo; incluso el muchacho veinteañero o diecinueveañero de la melena se interesó por dónde estaban las habitaciones del servicio. Otros han preguntado por el aljibe, o por la conexión con el alcantarillado. Los más por la posibilidad de ampliar el sótano, por las ordenanzas municipales, etc.

El 12 de junio una señora poco agraciada, al entrar en el despacho –al asomarse, no llegó a entrar–, que tiene todas las paredes cubiertas de anaqueles con libros, exclamó un tanto asombrada: ¿Se los habrá leído todos? Pues claro –le contestó el agente de la Propiedad Inmobiliaria–: este señor es escritor. Y el supuesto escritor, que estaba allí mostrando sus intimidades con cierta desazón, no pudo menos que aclarar: Supongo que también leerán los que no escriben, ¿verdad?

El 17 de junio, este año y mes parece que la cosa se acelera (será por lo del euro) el visitante del día insistía en que a él lo que le interesaba eran los volúmenes (no de la biblioteca, claro). Ni siquiera miró el atril metálico, casi clerical, de artesanía, con «Ad Leges Tauri», edición de 1701; ni la escribanía antiquísima; ni la imponente lámpara de bronce del salón; ni el óleo del paisaje falseado de los campos de Arjona, de 130 x 300 cm., con el supuesto pueblo en el ángulo superior izquierdo, cuadro en el que han aprendido hasta dos generaciones –no son muchas– dónde están los olivos, y el agua, y las casas, cuando todavía no sabían hablar; ni el árbol genealógico, sobre pergamino, cuyos últimos incluídos se remontan a principios del siglo XVIII, que es cuando está fechado... Puede que, efectivamente, no le atraiga nada de eso. El quiere volúmenes. ¿Hay posibilidades de alzar otra planta?, dijo.

9 de julio. Han llamado por teléfono de una agencia que tenía concertado traer algún cliente esta tarde, a las cinco y media. Se excusan porque la señora interesada no recordaba su cita con el dentista a esa misma hora más o menos. Perdonen las molestias... A mí me alivia saber que no va a venir nadie esta tarde, aunque el alivio no puede ser más efímero, ya que a continuación añade que mañana traerán dos visitas: una a las cinco, y otra a las cinco y media.

Estaba como haciendo guardia, en la esquina, con su teléfono móvil en ristre, a la espera del cliente citado, cuando al salir a la calle alguien de la familia lo abordó para preguntarle si quedaba en casa quien lo pudiera atender, y pedirle que no cerrara la puerta del jardín porque llegaría en seguida el supuesto cliente, que era clienta.

Vino la chica, menuda, con gafas, melena, los consabidos pantalones y la más lejana apariencia de compradora que pueda imaginarse. Sin embargo, se fijó minuciosamente en todo, aunque fuera con detalles de desconocer el tema, cosa que quedó clara en sus comentarios sobre ventanas, distancias de edificación y cosas así, que tampoco le supo aclarar demasiado el hombre de la chaqueta azul lustrosa del teléfono, quizá profesional de otro oficio, o de ninguno, que había tenido que recurrir a colocarse de ayudante de corredor de fincas.

La muchacha, a la que me ha faltado añadir el calificativo de corriente en lo que tiene de calidad de común, por su atuendo, aspecto y modales, no tomó dato alguno por escrito pese a llevar una agenda. A lo mejor es que tiene buena memoria. Puede que estas personas, aparentemente insignificantes, sean las que disponen de mayores medios. Le he notado intenciones, si no de asolar, sí de introducir cambios radicales en cuanto veía y pisaba. ¿Qué le interesará entonces?

Cada día que pasa aumenta mi desasosiego, mi agonía en el sentido tanto de lucha como de aflicción extremada como he tenido ocasión de aprender.

La película es distinta. A los demás les faltan personajes; a mí no. Para mí están los que son y los que fueron, que nunca dejarán de ser. Hace poco ojeé un escrito que había sobre la mesa del despacho y encontré una frase demasiado lúcida incluso para ser de quien es. Eran unos folios que servirían para la presentación de un libro, y la última línea decía: «... nada muere del todo y para siempre». Parece una frase; pero yo aquí lo vengo comprobando a cada instante.

Los intermediarios han hablado también de la posibilidad de jugar con el «valor añadido». Ignoro si eso está directamente relacionado con las expectativas de nuevas ordenanzas, más favorables, o simplemente con el interés del comprador cuando se averigüe o intuya que es vital la compra para sus propósitos, o por lo menos muy conveniente. Eso es el añadido, supongo.

No sé hasta cuándo aguantaré con el miedo que desde hace tiempo me corroe, casi mejor sería decir me acorrala, me sitia. Tampoco conozco la solución, ni el método para elegir o reclamar el futuro. Siento como un golpeteo de tambor las pisadas de estas gentes, diversas y ajenas, que me hollan con paso presuntuoso, o meditadamente discreto, o indiferente, o pausado, o decidido, o recatado, o dubitativo, o tímido, o nervioso, o... siempre insultante para mí, que he velado largos años y he latido entre latidos amigos, aunque los demás no se percataran de que también yo latía y arropaba, puede que no sólo por proximidad y contacto, por familiaridad y afecto, que siempre surgen, sino por instinto de preparar un tránsito inevitable, que cada vez está más próximo, y ahora se precipita.

¿Qué va a pasar? ¿Qué va a ser de mí? ¿Me adaptaré a las nuevas formas y voces, a los nuevos olores y auras, o cruzaré inmediatamente, por acto de voluntad y renuncia, la línea divisoria para empezar como las otras veces –supongo– de las que no guardo recuerdo?

Simplemente, cuando desaparezca el paisaje de 130 x 300 cm., que sirvió de encerado para aprender cosas de extramuros ciudadanos a los niños ya padres, y para que éstos se las enseñaran a sus hijos (podría poner otros cien ejemplos); cuando derriben la escalera con peldaños de mármol gris veteado, barandilla de madera lustrosa y balaustres modernistas de hierro colado, que han subido tantos seres amigos, vivientes o idos; cuando arrumben los muebles habitados, algunos de varias generaciones atrás (esto perteneció a mis abuelos, o a mis bisabuelos...), será como si me despedazaran, y mi ánima, yo, querrá morir del todo antes de adaptarse a otras desconocidas gentes o transmigrar a otra casa.

20 julio 1999

Superación

ESPERO contar la siguiente historia con cierta comodidad, ya que no tendré que seleccionar términos, vocablos, palabras, habida cuenta de que desconozco en absoluto aquellos con los que podría referirme a las técnicas, teoremas, artilugios y experiencias mecanicocientíficas a través de los que aquel manejador de realidades consiguió su invento; algo que a él mismo le habría parecido inalcanzable antes de enfrascarse en arduos estudios y operaciones, a partir de una idea luminosa y con muchas posibilidades de ser hasta rentable.

Así, para que nos entendamos, el industrioso inventor era capaz de proporcionar playa a medida, a la hora que y como la deseara el cliente. En realidad el mecanismo estaba concebido para atender los deseos de recorreplayas solitarios, que los hay por prescripción médica, por deporte morigerado, para aislarse un rato ante un entorno con cierto grado de pureza natural, para evadirse...

El inventor –ingeniero industrial y biólogo– tuvo la «idea luminosa» a que me refería antes mientras paseaba por la playa, descalzo, a primerísima hora de la mañana, cuando apenas otro par de individuos hacían recorridos similares en un trozo de costa mediterránea por el que pocas horas después habría que caminar esquivando pelotas, sombrillas, silletas, niños jugando atropelladamente, toallas extendidas, colchonetas neumáticas y ese sinfín de cosas imprescindibles para los veraneantes agosteños al menos, pues ése era el mes de su quincena vacacional en los últimos tiempos.

Al inventor le vino la «idea luminosa» sólo con generalizar su propia satisfacción: a todo el mundo (al menos a muchos; bueno, a alguno) tendría que gustarle lo de la playa para él solo. Aunque, claro, el reto era otro. Ignoro los años que necesitó para materializar y perfeccionar su «idea maravillosa». El interesado, cualquier día de cualquier mes, y a cualquier hora, desde cualquier sitio, podría disfrutar, en solitario, o con dos, o tres, o cuatro personas a elegir, para completar el decorado ambiental, entre la brisa mañanera o la atardecida, pisando dorada arena; de vez en cuando alguna concha marina, y piedrecitas redondeadas... y sobre todo, la realista sensación de humedad a cada paso marcado con la intensidad que se quisiera sobre la orilla recién bañada por la virtual estela anterior.

Conocí al inventor por razones de vecindad ciudadana, y, en poco tiempo intimamos; tanto que me explicó detenidamente su experimento –que yo distaba mucho de entender y de creer– y su propósito de comercializarlo, porque «la ciencia siempre abre pasos al futuro» creo recordar que dijo. Me ofreció uno de los mecanismos, el más avanzado, para que lo usara a modo de cliente piloto, cosa que, no sé por qué, acepté de buen grado.

He de aclarar que todo es de un realismo extraordinario, con las propias naturales imperfecciones de algún atisbo de suciedad, restos de algas, irregularidades del suelo, necesidad de sortear alguna roca demasiado próxima al agua, o a la tierra. Más bien quiero decir sin perfección aséptica de laboratorio, donde uno imagina una franja amarilla impecable como cinta sin fin haciendo el papel de arena.

Te digo, amigo lector, si es que alguna vez te tengo, que para mí fue una experiencia fabulosa repetidamente satisfecha; un paseo tan auténtico que olvidas que parece auténtico. Sientes hasta el impulso de saltar hacia los adentros (que allí es afuera) para que no te llegue el agua, si no quieres. Merece la pena, ¡palabra! E incluso la última vez, anteayer, veinte de agosto del corriente, lo que en otras ocasiones había sido logradísima pero simple sensación de tener humedecidos, casi mojados, los pies, se convirtió por obra de una olita figurada, lo sé, quiero creerlo, inusitadamente mayor que las habituales, en auténtica mojadura hasta la pantorrilla, por supuesto tan fuera de programa, que me sobresaltó.

No es mucho, pero tendré que advertir al inventor de que su artilugio ha madurado y se supera.

20 de agosto de 1999

Primera mañana, última mañana

EN realidad don Luis había visto siempre muy lejano el momento de la jubilación. Pienso que lo que deseaba era mantenerlo ignorado como algo que no iba con él. Tanto es así que eludía sistemáticamente las conversaciones que de vez en cuando surgían al respecto; un de vez en cuando más frecuente a medida que pasaban los años y le llegaba el turno a algún compañero de oficina en las proximidades de su quinta.

Don Luis, por supuesto, hombre vital donde los haya, en perfecta forma física y cultivador inveterado de una suerte de coqueteo, parece ser que atávico, manifiesto en su pulcro atuendo con morigerados detalles de última moda, muy a tono con cierta inclinación narcisista y evidente instinto conquistador, que se le notaba a cien leguas, perjudicándole en las más ocasiones, que iban siendo menos conforme aparecían en el dorso de sus manos esas manchitas marrones delatadoras del paso de los trienios, mientras se cuidaba las abundantes canas –que ya había dejado de teñirle su mujer, de la que complacientemente surgió la idea porque le gustaba que su marido estuviera lo más lozano posible– de una cabellera cada vez más rala, apuntando alopecia retrasada a fuerza de dedicación y cosméticos. Don Luis, digo, había logrado mantener dentro de muy discretos límites la tan traída y llevada curva de la felicidad, lo que unido a su constitución entre asténica y recia, con más de metro ochenta de estatura, le permitía conservar una apariencia si no esbelta, por lo menos bastante favorecedora para sus calendarios pasados, según comprobaba frecuentemente ante el espejo de cuerpo entero del salón de su casa, cuando no había testigos.

Pero como todo sucede cuando tiene que suceder, hacía meses que tenía cumplimentado el cuadernillo de ocho páginas, tamaño Din A-4, del MINISTERIO DE TRABAJO Y SEGURIDAD SOCIAL, Secretaría General para la Seguridad Social, INSTITUTO NACIONAL DE SEGURIDAD SOCIAL, correspondiente a Solicitud de Pensión de JUBILACIÓN (así, con mayúsculas) con su advertencia inicial de: «Rellene este impreso de la forma más exacta posible porque así facilitará el trámite de su prestación». Luego: Datos personales, datos de situación laboral, etc., y detalladas instrucciones para anotar en cada una de las tantas casillas lo que fuera oportuno, conveniente o necesario.

De todo había hecho fotocopias, y entre ellas la del certificado de inscripción de nacimiento en el que aparecía su edad real; tres años más de la del D N I, que arrastraba esa pequeña trampa desde el primer momento, y ahora se actualizaba ante la evidencia de los datos oficiales. Y lo más importante, la «Declaración de Jubilación» a partir del día justo en que cumpliera los sesenta y cinco, según precepto legal aplicable.

Don Luis lo tenía asumido, aunque lo que quizás no tuviera muy claro era el significado de asumir, desde que le notificaron que debía iniciar los trámites pertinentes, ya terminados con discreción rayana en el sigilo, sin un comentario con los compañeros de departamento que bien que sabían lo que ocupaba y preocupaba a nuestro hombre.

En definitiva, para llegar rápidamente al presente, don Luis decide ocultar el hecho de la jubilación en el entorno de su vida privada al menos, y seguir levantándose y saliendo de casa, como siempre, a la hora de ir a la oficina, para que no se entere ni su mujer. «Ya veremos más adelante», piensa.

Él se siente joven, y, sobre engañar a los demás, lo que inconscientemente quiere es engañarse a sí mismo; seguir vital, apuesto, estirado... Para él la jubilación es un certificado de vejez, a la que se resiste en su fuero interno y externo, y lo haría con uñas y dientes si fuera posible.

La mañana de su primer día de jubilado sale a la calle (Castelló no sé cuantos) con la mecánica puntualidad de años; da los buenos días al portero, como siempre, y se va de paseo, a desayunar. Por extraño que pueda parecer no ha hecho planes para pasar el tiempo, seguro que porque piensa que hay tantos sitios a donde ir, tantas cosas para ver, precisamente en horas que no ha podido dedicar nunca a otros menesteres distintos de los de la oficina.

Tal vez se decida a visitar el Museo del Prado, o el Reina Sofía... Al Thyssen-Bornemisza no ha ido nunca... De momento camina, incluso a buen paso –a nadie le importa si va o no a algún sitio, si pasea o no, a nadie– hacia esa cafetería recién inaugurada seis o siete manzanas más allá. Allí no lo conocen. Tampoco estaría mal ir al Jardín Botánico, o al Templo de Debod, donde estaba el Cuartel de la Montaña...; o simplemente andar por las aceras de la Gran Vía cuando lleguen las once de la mañana. Lo importante es que ninguna persona de tantas como se cruza por la calle lo pueda creer viejo.

Seguramente sabe que emprende una suerte de juego poco duradero, y hasta infantil si cabe, empecinado en esta simulada dilación de lo inaplazable/inevitable. Él mismo se cansará pronto; tan pronto como lo piense con cierto distanciamiento que ahora no tiene. Lo malo de don Luis es que no cultiva ninguna afición absorbente, ni siquiera destacada. Tal vez la caza; pero eso sólo en determinadas épocas. No es suficiente para cubrir el tiempo ganado, para otros comprado con su trabajo para dedicarlo a mejores fines si cabe.

Sigue andando, ufano, airoso, revestido de una indiferente dignidad rebuscada. No sé si lo de ufano es válido en su acepción de contento, porque lo que aparente de tal es ficticio, afectación, puro teatro. Se ha convertido en una fijación la idea de que lo importante es que nadie lo crea viejo. De eso se trata.

Se equivoca. Tiene la impresión de que la gente lo mira con curiosidad, y hasta lo señala con el dedo. Él quisiera que fuera una impresión aparecida lentamente, poco a poco, una impresión que crece sobre su falta de decisión, pero no es así. No engaña a nadie. Piensa que todo el mundo sabe que lo han «retirado», y que si no se lo gritan a la cara no es tanto por conmiseración como porque son muchos y están acostumbrados unos y otros a ser lo que son. La impresión –aunque se negara a admitirla– la tuvo ya en su propio portal de Castelló no sé cuantos, porque el conserje, empleado de Fincas Urbanas, portero o lo que sea, tras sus «buenos días» también, antes o después de los de don Luis, descolgó una cierta sonrisa irónica, conmiserativa, que podría haber sido de complicidad, pero era de denuncia.

No engaña a nadie. Ni siquiera le ha dado tiempo a llegar a la cafetería recién inaugurada, donde no lo conocen, y mientras desayuna decidir si ir al Thyssen, al Debod, a... No engaña a nadie. Y regresa a casa –un poco abatido, eso sí; no lo va a negar, ni quiere–. Regresa a casa para contárselo a su mujer, que ya lo sabe, claro, como sabía lo del DNI.

23 marzo, 2000

5

«—¿Qué habedes, qué?
—Mal de amores he».

«Solíades venir, amor,
mas agora, non venides, non».

FRANCISCO DE SALINAS, «De Música»,
Salamanca,1577, págs. 305 y 344

En la playa con Chejov

El fulgor cobrizo del cabello, acoplado como un casquete a su cabeza por la mojadura del último chapuzón, atrajo insistentemente mi mirada. En realidad fue lo único destacable que encontré al bajar la primera mañana a esta playa no demasiado poblada, ceñida por una larga hilera de palmeras, altas y profusamente empenachadas, que, en paréntesis de apertura, dejan un buen trecho entre el elemental malecón donde se yerguen milagrosamente sobre la dura tierra caliza, sedienta desde siglos, y la curvada línea de arena compacta, humedecida por la intermitente llegada de conatos de olas hasta aquel trozo de la amplia bahía de transparentes aguas.

Al fondo, a contrahorizonte marino, la breve sierra reseca; lomas peladas, de tonalidades violetas con salpicaduras ocres o blancuzcas, que gritan su inhospitalidad y son tema preferente de cierto buen pintor de encuadres telúricos, entusiasmado por la magia de la luz y el color.

Pero, insisto en el fulgor del cabello: lo único destacable que descubrí al bajar a la playa.

No hubo más. Sólo que, poco después, la chica de la cortísima melena brillante y cobriza comenzó a dirigirse a la orilla, yo pensé que lenta y perezosamente, aunque pronto advertí que era molicie, nimia delicadeza, lo que anidaba en la esbelta figura que emergía ceñida por un traje de baño de una pieza: de cintura para arriba a franjas verticales azul marino y blancas; de cintura para abajo todo azul.

No hubo más: Era una aparición (Botticchelli aparte) que vino a conmover mis entresijos, en los que se debatía y debate mucho tiempo la permanente idea de ausencia no asumida. Largas piernas, todavía más estilizadas por las generosas aberturas en arco del *maillot.* Toda la espalda al descubierto y escaparate de intenso bronceado.

Cuando salió del agua, yo, que desde bastante distancia y con la mayor discreción posible no había apartado mi mirada de ella, me di cuenta de que no se trataba de una jovencita veinteañera, sino de mujer formada, de indefinida edad, que caminó hasta una elemental silleta baja en la que se acomodó estirando las piernas, y, laboriosamente, encendió un cigarrillo amparándose de la brisa con la gran bolsa de rafia de la que sacó el paquete de tabaco; reclinó el torso hacia atrás, cara al sol, y minutos después leía una revista gráfica.

No hubo más. Salvo que estaba sola en la playa, con su banqueta, su bolsa, su revista, su tabaco y su pelo cobrizo brillante de humedad. Sola e indiferente en la arena, al borde de un mar que desgranaba la espuma de sus olas minúsculas. Sola entre múltiples variopintas personas, algunas muy próximas, que cultivaban su morenez veraniega, charlaban, reían...

Había justificados e injustificados biquinis, *top-less,* tangas y trajes de baño como el suyo, que me trajo recuerdos por su color y forma; el segundo elemento, después del fulgor cobrizo del cabello, antes del tercero; la soledad, que redondeaba la tríada de mi inusitado interés, no naciente y progresivo sino inquietantemente instantáneo.

Durante los tres o cuatro días siguientes seguí meditando sobre el insólito hecho de aquella suerte de aparición; aunque cambiara el traje de baño a rayas por otros de distinto color e incluso por biquinis. Lo que no cambiaba era el pelo cobrizo y la soledad indiferente. A veces, tras zambullidas, recorridos de crol con impecable estilo, lectura o cigarrillo –fuma demasiado– cruzaba la ancha zona de arena seca, ardiente, a sus espaldas, hacia el chiringuito instalado en el malecón, y yo la veía tomar una cerveza, quizá una Coca-Cola, o llevar la lata hasta su silleta baja, junto a la gran bolsa de rafia pajiza que me servía de referencia para localizar su sitio, siempre el mismo, desde donde yo estuviera, y a fe que lo hacía inconscientemente, levantando los ojos de mi libro, de mi periódico, e incluso desde el mar cuando nadaba, rebasada con creces, deseoso de aislarme, la franja habitual que formaba la gente bulliciosa hasta el límite que le permitía mantenerse de pie.

De veras que, si me encontraba con el bolso y la silleta vacía, no resultaba difícil descubrir su fulgente cabello cobrizo en el agua, entre tantas cabezas, de las que destacaba de forma manifiesta, y seguía sus evoluciones venciendo mi instinto de aproximarme a ella. Al rato regresaba a su asiento solitario, y yo a mi extremo –no más de treinta metros– donde estaban aguardándome mi hamaca plegable y mi bolsa de plástico, de algún supermercado, con los dos periódicos y el volumen de cuentos del maestro Chejov.

En alguna ocasión pasé por su lado; leía sin levantar la vista, fumaba, o simplemente estaba, al margen del alboroto ambiental que la rodeaba. Hasta llegué a volver la cabeza por ver si me miraba a mí, ya que, además de lo que yo sé, había algo en común entre nosotros, la soledad. También yo estaba solo, treinta metros más allá, cuatro horas al día, aunque hablara con el insoportable consejero secreto Iván Gundasov que pasó un verano en casa de su hermana, viuda de un teniente, hasta que ésta terminó dándole los tres mil rublos necesarios para que se fuera a Marienbad y los dejara tranquilos; o con Egor Savvich, pintor hospedado que no pinta de tanto talento que tiene; o con la familia de Aniutochka, esposa del consejero civil Scharamikin, convertida en cómica cronología viviente; o con el delicado y reumático Murkin, afinador de pianos al que le extraviaron sus botas en la casa de huéspedes, entregándole a cambio dos del pie izquierdo que estuvieron a punto de provocar una tragedia, por no mencionar al arquitecto Dimitri Ocipovich, el de los nervios, al que encontró su mujer en camisa roncando sobre un duro baúl en la habitación de la criada.

Al quinto día, creo, martes –soplaba moderado levante–, la vi esforzándose inútilmente por encender su cigarrillo con cerillas, aun al amparo del gran bolso de rafia, y, desandados un par de pasos, le ofrecí con un gesto mudo mi Bic. Por primera vez la miraba directamente, de cerca, y no pude saber cómo era su rostro. Eso sí, hermoso, atractivo. Alzó los ojos un instante para decirme «gracias», y en su voz nada de particular; puede que un cierto tono sostenido. Tenía pensado ser yo quien le pidiera fuego, como excusa manida para intentar un arranque de conversación. No hubo lugar. El contacto se había producido. Hasta me pareció que se dilataba el instante de los ojos alzados (¿de qué color?) con que me mediría de abajo a arriba, más elocuente acaso que el sostenido «gracias»; pero me limité a un «de nada» anodino al tiempo que tomaba el encendedor que me devolvía. Ni siquiera rozamos nuestros dedos.

No hubo más.

La tarde del mismo martes comprendí que no tenía sentido romper mi incomunicación (?), al contemplar en la pantalla del televisor un final de etapa de la vuelta ciclista a Burgos, prueba que en otra ocasión, para mí recentísima aunque haga justamente tres años, presenciamos al salir de Oña hacia Medina de Pomar, en aquella especie de peregrinación íntima con sorpresas de románico menés que fue nuestro último viaje, prolongado hasta los riojanos monasterios de Yuso y Suso.

Ni el bañador, ni el pelo, ni los ojos, ni mucho menos la molicie al andar tenían nada que ver. Sí un elemental remoto parecido en su silueta, a distancia, exagerado por mi imaginación, que es desde lejos (en tiempo o en espacio) cuando se desboca. Sólo existía la atracción de su soledad similar a la mía de la que soy consciente y me ayuda como un don al recuerdo cada vez más patente, que es un hermoso norte ajeno a la esperanza.

El miércoles estuve toda la mañana en mi trozo de playa. De manera mecánica coloco la hamaca adelantada a las sombrillas, toallas extendidas y múltiples pertrechos de los demás bañistas, con la idea de que no me entorpezcan la visión del lugar en que ella se instala, aunque no dirija la mirada hacia allí sino de tarde en tarde y con temor de que pueda encontrarme con la suya que no sabrá interpretar el mi subconsciente fondo de mito de ave Fénix.

El jueves, mientras Antón Paulovich Chejov hacía cavilar al secretario colegiado Efim Formich Perekladin, cuarenta años de servicio, atormentado por el uso correcto del signo de admiración, fue ella la que pasó por la zona en que me refugio, algo menos frecuentada que la suya porque hay unos bajos rocosos próximos a la orilla, aunque no sobresalen del agua, que resultan bastante disuasivos para los concurrentes.

Tengo la impresión de que, si no tanto como yo, también me observa, al menos con cierta curiosidad, y puede que se pregunte quién soy, acaso por qué me baño, leo y tomo el sol en solitario; algo poco usual en una playa como esta, que puede calificarse de esencialmente familiar.

Ni siquiera hemos coincidido –habría sido fácil buscar la ocasión– en el quiosquillo de refrescos y cervezas, más frecuentado por la chiquillería, para la que está especialmente provisto, que por adolescentes y mayores, a la hora del aperitivo, al que acudimos ambos.

Confieso que a veces he retrasado mi llegada a tomar una cerveza o algo hasta que ella se fuera.

No os diré cómo, pero, sin proponérmelo, me he enterado de su nombre de pila (topónimo repleto de connotaciones sugerentes) y de sus circunstancias personales, familiares, que han paralizado mi proyecto incipiente de montarle una historia, una situación ficticia, imaginada y creíble, al margen de la auténtica y normalmente gris existencia de la mayoría de los personajes que probablemente no tienen nada que ver con lo que yo intuyo que les corresponde –juego que practico con frecuencia–. Lo que ideara se quedaría en mantillas ante la realidad novelesca de su abuela, emigrada de Creta; de su abuelo el revolucionario, furibundo anarquista sin saberlo; de su tío, solterón desencantado que amasó una fortuna en Venezuela; de sus hermanos, de ella misma y sus experiencias vivenciales (mejor sentimentales) en la ciudad distante en que reside, desde donde ha venido a esta playa de su infancia a estar en soledad.

Y todo esto: talante, circunstancias, actitud, comportamiento, mentalidad superliberada en extraño maridaje con su introversión, aun teniendo mucho menos en común todavía con el origen de lo calificado aparición que vino a conmover mis entresijos a partir de un radiante fulgor cobrizo desusado, aumenta el atractivo y el desasosiego, porque no puedo dejar de hacer proyectos, imaginancias que sé muy realizables: charlar, darle ocasiones para manifestarse, ofrecerle y aceptar un poco de comprensión y afecto, llevarla a cenar alguna noche... a ver cómo van las cosas y hasta dónde –lo tengo muy muy claro, por supuesto–. Fórmula rompesoledades para los dos que podría agradar a ella (digamos servir), pero que a mí –aparte la proyección del tiempo– se me antoja un forzado intento inconsecuente que no tiene presente ni futuro, como visión lejana, remotísima y falta de sentido.

Desde luego hay una especie de evidente paralelismo: la soledad, sea impuesta o voluntaria; para borrar recuerdos o para fomentarlos; para revivir un filme que sí es del solitario, y querido, o para sumirse en la grisedad de una nada que cualquier día barrerá el calendario dejando el campo libre para empezar de nuevo, que deseo sea la suya.

Me ha costado trabajo, horas, meditaciones, tomar la decisión de no montarle una historia dictada por el telurismo de esa sierra pelada, de tonalidades violetas con salpicaduras ocres o blancuzcas, que se alza a contrahorizonte marino y el cierto buen pintor, amigo mío, plasma en sus lienzos. Ella tiene una muy propia vida, que conozco, y debo respetar su intimidad, sin mixtificaciones. Me tranquiliza, en parte.

Ahora mismo la veo, desde mis treinta metros de todas las mañanas, con su pelo cobrizo refulgante, en su silleta baja, con su bolso de rafia y su semanario gráfico, y sé que no es por la carrera ciclista, ni por enfermizo masoquismo, por lo que me niego a buscar su compañía, a llevarla a cenar alguna noche, a tomar una copa..., sino porque aunque ella esté sola, ahí, que lo está, yo no. Yo –necesito creer y creo–, además de con un recuerdo, que es bastante (despertada y creciente pasión iconográfica), estoy en la playa con Chejov.

El último verano en el jardín

Es todo una masa de verdes. Mirada oblicuamente de abajo a arriba, y de izquierda a derecha, por seguir algún orden, como si se tratara de un plano panorámico, comienza el verde alegre y puntiagudo de las hojas de la glicinia, en esta época sin flores, claro; luego el verde espejeante de una de las lilas, la de flores moradas, que sirve de engarce con el verde intenso del nisperero, antes del argentado del moral, para sin solución de continuidad entrar en juego el verde lánguido del sauce, el verde amarillento de la acacia, cada vez más raquítica; el del laurel que brilla y opaca a un tiempo, y el verde carnoso estrangulador de la yedra que trepa hasta lo más alto de la tapia. Si se pudiera mirar hacia abajo desde allí, o en horizontal, aparecería, junto al tronco del moral, el verde espinoso del acebo, y más allá una especie de bambú con estrechas largas hojas de lanza verdeamarillo limón. Verde todo al fin, como el del pequeño tilo estancado por falta de espacio natural, y otras cosas: esparragueras, geranios, yerbabuena, rosales, margaritas, aligustres necesitados de poda, las adelfas... Pero es hacia arriba, en diagonal, como únicamente se puede mirar desde ese sitio en dirección a Oriente.

El jardín es mínimo comparado con el de la dacha donde Iván Sergeyevich Turguéniev urde «El primer amor», acabada de releer en edición barata y letra de gran cuerpo –eso anima– de la serie que cierto diario llama «Las Novelas del Verano». Es mínimo el jardín, digo, pero en cambio alberga una piscina, suficiente para diez o doce brazadas, desde cuyo interior se ve esa masa de verdes, e incluso más apartado, fuera del muro, las lanceoladas hojas verdes de un castaño de Indias, y, al fondo, en otro predio, dos cipreses y una araucaria que asoman sus verdes sobre terrazas y tejados.

Hace ya varios años que podía haberse empezado esta historia. Pero la frase «–Yo no tuve un primer amor: Empecé de golpe por el segundo» no recordada, y sólo dicha de pasada al principio de la novelita por Serguéi Nikoláevich, que también es personaje de pasada, ha servido de motor para que sea ahora el comienzo; sobre todo porque a continuación de la cita y su explicación consiguiente interviene Vladímir Petróvich, protagonista y narrador en primera persona, que a los dieciocho años sí tuvo un romántico primer amor del que a lo mejor no se rehizo nunca, ni quiso rehacerse. Lo que no se entiende bien es por qué cuenta esa íntima lucha de la pasión contra la razón, máxime estando el padre de por medio, no involucrado, sino como principal artífice de la trama, muy al gusto de la época.

Recordar que Turguéniev estuvo eternamente enamorado sin esperanzas de la cantante española Paulina García de Viardot, y no lo ocultó nunca.

En cualquier momento aparecerán por el pasillo, a la derecha de la casa, los niños en sus bicicletas. Habrán de tener cuidado en sortear el columpio, tubo de acero repintado de verde, que no debería estar ahí porque en la época de la las bicicletas tenía otro emplazamiento, aunque ahora esté donde está para que se columpien los hijos de alguno de los ciclistas; o se oirá el alegre, amistoso, cascabeleante ladrido de Drake, especial único, irrepetible, elegido con fortuna entre una camada de seis para llenar de admiración y gozo a los pequeños durante largos años. O tal vez aparezca la voz cálida, amiga y susurrante, que marcaba/marca las horas de la convivencia general. No es que sea imaginable; es que, recortadas en el ambiente, en la atmósfera del jardín, están las siluetas: el banco de gestación espontánea, el leñoso albaricoquero omitido entre los verdes de la masa verde, porque quedó convertido en seco esqueleto que alza sus muñones al cielo; la silueta del sonido de su voz sonando a montón de perlas acariciadas, manoseadas, agitadas dentro de la caja joyero de marquetería para airearlas de vez en cuando como fórmula conservadora de su vitalidad.

Hay más jardines: el de los caquis en la increíble húmeda umbrosidad, del barrio de San Antolín; el frondoso de palmeras y árboles sin otra misión que el adorno, de los abuelos, tan extenso, tan grande, que no se quedaba encajonado entre los edificios limítrofes a aquel polígono irregularísimo que sólo por un lado daba a cierto callejón poco transitado; el del aljibe de garrucha chirriante y pila berroqueña multiusos; el de los tupidos jazmineros bajo el pino piñonero inmenso, que era antesala del huerto de naranjos; el de aquel claustro en el que, sin ponerse de acuerdo, habrían querido quedarse para siempre los visitantes, mientras el guía –innecesario– explicaba el significado de los labrados capiteles románico burgaleses; o el de Oña, donde ninguno dijo nada y la fotografía inevitable apareció semivelada, con exceso de luz en una zona concreta, o con precursora aura destellante.

Puede que a nadie más importara el jardín descuidado y agreste, abandonado a su mala suerte de terreno arenoso ciudadano en el que milagrosamente se asienta, al que alguna visita de buena educación y complaciente llamó «en estado salvaje, que es como deben estar los jardines», palabras acogidas y después comentadas con íntima satisfacción; la que se refleja en uno cuando cualquiera habla favorablemente de lo propio y querido. Eso era ya en aquellos años: querido, amado para siempre. Un siempre que de forma inconsciente transcendía a lo personal.

No se trata de hacer un cuadro de tres generaciones, ni nada; sino de asentar que aquel espacio, como parte integrante de la casa, era de entre lo inanimado, inmueble y muebles, lo más importante del mundo, porque era la vida, en una dimensión no siempre estimada, y a lo mejor indebidamente, con toda la razón para los detractores, razón no concedida, y eso que flotaba en el aire cierto espíritu, o ambiente pseudopragmático que no dejaba de ser chocante hasta que se produjeron los normales relevos impuestos por el paso del tiempo y todo adquirió una clara solidez, aun recordando a aquella Amalita segada por una tuberculosis pulmonar que ya era historia de erradicada; el segundo mal episodio tras la leyenda apócrifa del enterrado en lugar tan sin señalar como sin interés para aquellos a quienes en hipótesis pudiera afectarles, y apasionante despertador de la curiosidad e inquietud en los extraños, deseosos de informarse de los hechos truculentos que hubieran sucedido en un espacio en el que rebullía la vida, los pájaros, los gritos de los niños, padres e hijos crecidos a la sombra de los árboles, generalmente repuestos, pero con apariencia de viejos habitantes. Acaso la sombra siempre fuera la misma, como se cree que lo son los rayos del Sol falsamente impertérrito.

Se celebraron funciones y representaciones de todo tipo: bullicio de bodas, bautizos, comuniones, aniversarios, meriendas, guateques, reuniones multitudinarias y mínimas, preñadas de intimidad y sosiego, lo mismo que compromisos inevitables de esos que nos hacen mirar el reloj. Y hubo quien recordaba media vida después que nunca había bebido tanto y tan buen champán como en aquella ocasión que, sin ser la primera ni la última, sí fue la celebración por antonomasia en el jardín, entre otras cosas ya antes testigo del desagrado que suscitaba el despechado, buenazo, circunspecto y masoquista Mauricio, predispuesto a compartir, diríase contagiar, su no se sabe si desventura o lo que fuera a la menor oportunidad, cuando con timbre aflautado decía, por ejemplo, incansable: «vamos por la tercera», empeñado en destrozar sevillanas, y muy especialmente esa de «el clavel que me diste lo tiré al pozo... que no quiero claveles de ningún mozo...». Pobre Mauricio, que luego fue feliz a su manera. También fue testigo, el jardín, de la presencia de Alberto, que contaba por cientos los dientes de su boca (queda en suspenso el posesivo); y de aquél con nombre pueblerino, por más que señorito hacendado, que llegó a creer todo el monte orégano.

Al atardecer sucederá lo que quiera con el avance de la penumbra hacia la oscuridad, pero a plena luz, en el instante más inesperado, si es que alguno lo es, sonará/podrá sonar la voz de plata, con apuntamientos de risa alegre graciosamente entrecortada, que se impone a cualquier clase de recuerdos por importantes y definitivos que pudieran parecer en su época de admiraciones incondicionales, bisabuelos entre paredes acolchadas y fuga a las Américas, contada como cosa curiosa en página pasada, sin retorno posible del viajero al ámbito de este «jardín en estado salvaje» donde nunca estuvo, porque el episodio, por el que curiosamente no se guarda ningún tipo de rencor ni recelo, fue en época muy remota, o porque hace tres apellidos acumulados que se consiguió olvidar lo irreparable, para estas fechas convertido en simple si no divertida anécdota.

Cuando llega la noche, sin que tengan que ser la una o las dos en que refresca hasta demasiado y hay que ponerse algo de abrigo para poder estar en el jardín, no sólo conviviendo pretéritos, apenas si se oyen coches como se oirán al finalizar el verano provocador de huidas hacia playa y montaña, especialmente playa. Sobre la masa verde convertida en oscura y con menos matices diferenciadores a pesar de recibir la luz de las farolas y los focos, si se encienden, para iluminar el baño en la piscina, antes de que se haga brillante la Luna, presente y a medio recorrido a las nueve de horario oficial, ya se ve el intensísimo punto luminoso centelleante de Venus; ojo de Polifemo que recorre el cielo sobresaliendo entre las estrellas, si las hay, o acompañando al satélite nocturno en cualquier fase que se encuentre. Entonces el jardín muestra/manifiesta su arcano o su atractivo acogedor; porque lo aparentemente misterioso es en realidad lo amable y amigo, lo confortante que abre inusitados caminos a la meditación y al recuerdo añorado, no exclusivamente tristura.

También de noche la masa de verde está diferenciada a contracielo; pero es de día, a pleno sol de hora de baño mañanero, cuando se muestra en toda su variopinta diversidad unificada, que es el caso presente. Con un poco de suerte (los escépticos lo llamarían exceso de imaginación) manos inconfundibles protegerán a los hijos y a los nietos mientras chapotean en la pequeña piscina de plástico; u otras manos también irrepetibles acunarán a las primeras, tras haber sido arropadas y acunadas a su vez sucesivamente, aunque ésas ya fuera lejos del jardín, y no importe. También con algo de suerte se removerá el agua suavemente junto al espectador de la piscina, capaz para diez o doce brazadas, sin apenas estela, ni espuma producidas por el rítmico acompasado movimiento de los pies, que ni balanceará el colchón neumático sobre el que sueña, medita, visiona, o simplemente contempla, apurando un agosto de Luna en cuarto creciente, hasta el grito:

—... que te prepares. Ya va siendo la hora de comer.

—¿Qué hora es?

—Las tres menos veinte.

Todavía seguirá media hora sin salirse del agua. Parece como si quisiera apurar muchas cosas: la mañana de baño; los últimos días de vacaciones, por supuesto para los demás; el paso del calendario; el deseo de que nada se acabe, para que nada tenga que empezar. Pero no hay nada de eso; ni siquiera miedo a que sea el último verano. No hay último verano. El verdadero último verano tuvo lugar hace ya mucho tiempo. Eso sí, aquí, entre estos árboles y arbustos del jardín que recuerdan imágenes y voces para que cada cual, de acuerdo con su criterio, pueda reconstruir una historia distinta y varia, que es la misma en el fondo, y por supuesto para más de un espectador preñada de ternura y desencantamiento.

Madrid, 31 agosto 1998

Brindis con Jerez

ERA hermoso contemplar a la pareja, madura, madurísima. Ella con una melena cortita, gris ceniciento, que no le habría correspondido a cualquier otra persona de su edad. Él con aspecto de caballero antañón comedido y atento, ataviado con terno gris clásico.

Ella no cruzaba las piernas bajo la falda de su traje de chaqueta beige. Parecía actualizar la imagen de otra época, cosa que el contemplador no se planteaba porque lo presenciaba todo tan actual, tan natural, que no había lugar para suposiciones.

No existía nada sino ellos, y quizá entre ellos una corriente de recuerdos de la Plaza de San Marcos, el Lido, de la Casbah argelina, el runrún de El Generalife, el silencio de Santillana del Mar, Versalles, «Noches de Ronda»..., y alguna otra canción que casi no les pertenecía por años como el «Cuando me enamoro» del Festival de San Remo, por ejemplo, entre las citables.

Era hermoso contemplar la pareja sentada en uno de los sofás adosados a guisa de diván en torno a la meseta cilíndrica del Palas sobre la que se yergue el enorme ramo de flores naturales bajo la gran araña, ahora más estilizada y moderna, que no artística ni bella, que es epicentro de la cúpula acristalada que asaetean sin descanso los huéspedes y visitantes a fotografía limpia.

Hermosísimo cuadro rezumante de ternura, de amor.

Seguro que no celebraban ningún aniversario, ni nada. Simplemente estaban juntos tras muchos años de estarlo y eran felices... La breve sonrisa subyugante de ella, respondida por la embelesada y plácida a la vez de él. El gesto contenido lentamente acariciador y amante.

¿Por qué aquella tercera copa sobre la mesita si no había más que ellos dos?

El arpista, especializado en composiciones melódicas de los setenta y cosas así (un día nos sorprendió con «El lago de Como») había ofrecido su versión de «Extraños en la noche», que nada tenía que ver con ellos, ni pudo ser, por edad, esa melodía recordada que marca, como otras muchas, la primera juventud enamorada de tantas personas. No. Ellos eran la canción, su propia canción, su propia melodía, y probablemente ni se habían percatado de lo que tocaba el músico, que acababa de sustituir ventajosamente al piano con dispositivo mecánico (disklavier, de Yamaha) que, eso sí, echará de menos las manos que acaricien su teclado.

A continuación lo que interpretó el arpista, a golpe de dedos y sin partitura, fue «Somethin` Stupid» popularizada por Sinatra; pero sin Frank Sinatra; sólo con el revuelo digital del joven profesor de impecable smoking y zapatos casi tan brillantes como los del apuesto caballero maduro que peinaba hacia atrás su todavía no demasiado rala cabellera canosa.

Da lo mismo, porque la hermosa estampa vivía sus instantes al margen de la bella melodía con título equívoco que, a lo más, conformaba un telón de fondo adecuado, oportuno para recordaciones en este caso innecesarias.

Ellos eran como un instante detenido, continuado, perenne; ajenos al mundo circundante, y seguramente, quizás, quién sabe, unidos por ese jerez, probablemente seco, que degustaban despaciosamente y con el que brindaban a cada instante, sin necesidad de hacerlo materialmente ni de chocar las copas sostenidas levemente como candelas, llamas para el altar de esa comunión íntima y bellísima en su bellísima madurez rayana en la divinidad que desearía cualquiera para su futuro.

Era una insuperable lección de amor, de comunión, esa simbiosis que traslucía la hermosa pareja enamorada para la que el tiempo no existe, ni ha existido probablemente, y por supuesto no va a existir en el futuro.

A todos nos va a quedar la duda del destino o de la razón de la tercera copa; aunque ¿quién no ha pedido dos copas estando en soledad para patentizar la ausencia de aquella que debería acompañarle aunque fuera a través del tiempo y del espacio? Puede que ese jerez venga a significar alguna remotísima costumbre de forzadas separaciones juveniles, cuando ya de adolescente el hombre sentía el amor profundo que ha sustentado toda su existencia. Puede que, simplemente, hubiera estado con ellos otra persona. Hasta puede que la copa no existiera sino en la imaginación mediatizada de quien quisiera verla; de quien la materializara, incluso sin querer, por extraños imposibles vericuetos de mimético instinto.

Pero ellos, en verdad, sí estaban allí, brindando con jerez bajo la cúpula de la Rotonda del Palas, y yo no olvidaré fácilmente el encanto que emanaba aquella hermosa pareja, en la que habrían tenido que concurrir todas las miradas de los circundantes con la desbordante admiración que suscita lo entrañablemente admirable.

Nada sino ellos envueltos en una aureola de exultante felicidad; tal vez con la música de violines de aquella noche en la Plaza de San Marcos, o sin violines, ellos en compañía recíproca. Hermosamente juntos mientras en el resto de la Rotonda (aunque no lo oyera la pareja) sonaba melodioso «Someting`Stupid» hábilmente interpretado por el maestro arpista, que de ser posible –no lo era– podría haber hecho aun más conmovedoramente hermosa la escena poco común por no decir irrepetible.

Al viernes siguiente en el mismo diván, o en un sofá próximo, otra pareja menos anciana. Ella dormitaba bufonescamente; él, desparramado en un sillón, miraba alternativamente a su alrededor, o las puntas de sus zapatos, aburrido... hastiado. La otra cara del espejo.

Madrid, 26 diciembre 1999

Una hoja de otoño en el parabrisas

«SI me pierdo en Nueva York, que me busquen en un Ford; que me busquen, que me busquen, Calle 42...»

Esto, más o menos, es lo que habrá estado oyendo, como yo, en ese programa televisivo. Cierto que sería evocador/aclaratorio para algún lector si pudiera ponerle música a tales frases y él fuera capaz de leer esa música, esa canción con añadido de «suena dulce, violín sentimental; suena, alegre, piro pará pá pá...» Tampoco sé si es eso. Ella sí. Ella, allá por los cuarenta y pocos, con diez o doce años (¿serían menos?), ataviada con traje de pantalón largo, remedo de frac, y chistera, y bastón, y corbata de lazo, y... ¡yo qué sé!, bailocantaba esa canción, por lo visto de una película musical con título de calle (la 42), en el escenario del teatrito de aquel colegio provinciano, durante cierta función de números de «varietés» a beneficio de los damnificados, necesitados, desamparados...; lo que fuera.

La actuación de la precoz artista tuvo un gran éxito, aunque participara por casualidad, pues el director artístico de tales festivales, Mr. Antoine O. de Vigny, decorador según las tarjetas de visita, que pasaba sus vacaciones en la localidad procedente de Cué de Llanes, junto a la Escuela de Vuelo Sin Motor (ignoro si funcionaba ya), quería que la canción la interpretara Pepito Alcaraz, pero no le pudo sacar punta. Y es que se rumoreaba que Mr. Antoine O. de Vigny, ni era francés, ni decorador, ni Antoine, sino pederasta reprimido, o simplemente homosexual (¡en aquellos tiempos!), cuyo auténtico nombre era Adolfo Estrada. Nadie sabía a lo que se dedicaba de verdad, aunque parece ser que viajaba lencería fina.

Pero, en fin, cuando el numerito con remedo de frac, allí estaban todos los que ya se han ido, y los pocos que quedan, y yo, ahora lleno de tristura y de pena incluso habiéndome apartado la vida de aquel círculo estrecho creado a los muy cortos años y llevado hasta el mismo triste presente, o alegre presente, o conformista presente..., pero lejano, lejanísimo y rebosante de añoranzas, de amor, entonces ni entrevisto, pero sí rebullente en los entresijos de todos, o de muchos; sería suficiente que de algunos para que mereciera la pena rememorar esa «Calle 42» con la emoción que lo hará ella, incapaz ya de dar ningún saltito, ni siquiera con la imaginación, porque el paso de los calendarios ha terminado con la esperanza, la han dejado sola; sola como estoy yo (fuera del grupo), con una vida que creí distinta, y no lo es en absoluto. Porque todo es igual y tú lo sabes.

Ya entonces eran inseparables. Él, dos o tres años mayor. Y siguieron inseparables mientras cursaron sus estudios, y cuando trabajaron en sus profesiones, y cuando se casaron, y cuando fueron naciendo los hijos, y treinta años después, y cuarenta. Lo sé. Hasta que un día va y se rompe todo porque ha terminado el ciclo. Visto desde lejos, normal; pero desde ella misma, como desde cualquier otro sujeto protagonista, algo sin sentido, aunque sepa que todos los ciclos se agotan un día u otro.

Yo alguna vez los visité, o los saludé. Incluso recientemente. Parecía como si nos acabáramos de despedir el día anterior, aunque hubieran transcurrido años desde el último encuentro. Y ellos seguían fieles a sí mismos. Esto no le sucede a todo el mundo. A algunos sí; a algún lector, si lo hay, sí; y algún otro lo entenderá, aunque sea a su manera. Yo lo entiendo muy mucho; como podría entender la historia transcurrida con la sola enumeración de las marcas de coche, desde el Seiscientos al Audi A-8, por ejemplo; o de los planes de estudios; o el cambio radical de costumbres, o las alternancias de la moda.

Y recuerdo la canción «Calle 42» porque la escuché anoche en un concurso de TV –donde seguramente también ella, ya lo he dicho–; pero sobre todo porque esta mañana, ahora mismo como quien dice, acabo de retirar del parabrisas del entrañable Lancia, tan lleno de recuerdos, el anuncio –hoja al fin y al cabo– de un Centro Médico en el que extienden certificados para licencias de armas y permiso de conducir. A mí me corresponde renovar el carné todos los años (ahora cada dos) y pienso que aquella amiga de la «Calle 42» también tendrá que hacerlo en su lejana Cantabria, si es que no ha renunciado al coche, o le ha hecho renunciar la artrosis.

Es como si la casualidad, a guisa de recordatorio, me hubiera colocado una hoja de otoño (de mi otoño) en el parabrisas. Y no sé si entristecerme porque cada vez queden menos amigos de la infancia, o alegrarme por los que todavía viven. ¡Palabra que no lo sé! Sólo sé que aquella pareja estuvo siempre estrechamente unida, y a lo mejor –espero– sigue también unida de esta otra distanciada manera muchos años.

El otoño se renueva; nosotros no. O acaso sí mientras haya alguien que recuerde aquel numerito de la «Calle 42», o cosas parecidas. Vale.

1 mayo 2001

Índice

Esta obra
se acabó de imprimir
con los auspicios de
Sagrario Fierro Madrid y
Antonio J. Huerga Murcia, editores.

FINIS CORONAT OPUS